Les Trois Filles de la rue des Maraîchers

Cet ouvrage a été imprimé sur un papier issu
de forêts gérées durablement, de sources contrôlées.

Illustration de couverture : Anne-Lise Nalin
ISBN : 978-2-7002-7871-2

Sylvaine Jaoui

Les trois Filles de la rue des Maraîchers

1. Confidence pour confidence

RAGEOT

À mon père,
Où qu'il soit désormais, il a forcément
trouvé une librairie tout près !

Sj

1.
Qui a eu cette idée folle un jour d'inventer l'école ?

Qui a eu cette idée folle
Un jour d'inventer l'école ? (...)
De nous laisser dans la vie
Que les dimanches, les jeudis

(Chanté par France Gall)

***

Cela faisait plus d'une demi-heure que j'attendais Christine, dite Chris. C'était la quatrième fois qu'elle changeait de tenue et ça ne lui plaisait toujours pas. D'accord, il n'était que treize heures trente et le lycée se trouve à deux pas, mais quand même... je n'avais pas envie d'arriver en retard le jour de la rentrée.

Lélia – Allez Chris ! C'est bon là... tu te décides ? On va être en retard, Marie doit déjà nous attendre.

Marie, c'est notre meilleure amie. Toutes les trois, on est inséparables depuis le collège. Mais Chris s'est regardée avec consternation dans le miroir de sa chambre sans faire attention à moi.

Christine – J'ai vraiment l'air d'une vache dans cette robe...

Lélia – Mais tu t'en moques, personne ne la verra.

Christine – Je te remercie de confirmer que je ressemble à une vache.

Lélia – Mais non, t'as pas l'air d'une vache !

Christine – Alors, c'est pire que ça ?

J'ai inspiré un grand coup pour éviter d'avoir à élaborer une réponse qui allait encore nous faire perdre du temps. Franchement, quand on mesure 1 m 70 et qu'on pèse 54 kg, est-ce qu'on peut ressembler à une bonne vache laitière ???

Ma meilleure amie a continué :

Christine – Tu n'as pas l'air de te rendre compte de l'enjeu, là... Tu es sûre que tu as compris ce qui se passe aujourd'hui ?

Lélia – Il faudrait que je sois sourde ou stupide pour ne pas avoir compris ! Depuis qu'on a reçu la lettre, tu ne parles que de ça.

Christine – Parce que c'est la nouvelle du siècle...

« La nouvelle du siècle », c'était un peu exagéré. Je vous explique...

La semaine dernière, alors que nous profitions de nos derniers jours de vacances, nous avions reçu un courrier de notre lycée. Et le moins qu'on puisse dire, c'est qu'il avait provoqué la surprise.

Lycée Maurice-Ravel
Établissement pour jeunes filles de la sixième à la terminale
89, cours de Vincennes, Paris 20e

Paris, le 3 septembre 1965

À l'attention des élèves et de leur famille

À la demande du ministère de l'Éducation nationale, les classes de la seconde à la terminale seront **mixtes** dès cette rentrée. Dans la mesure où nos effectifs étaient déjà presque complets, **14 garçons** seulement seront scolarisés dans lesdites classes.
Pour cette année scolaire, les classes de collège ne sont pas concernées, mais elles le seront à la rentrée prochaine.

Cordialement,
La direction

La plupart des parents avaient vu l'arrivée des garçons dans un lycée de filles d'un mauvais œil : « On ne fait pas entrer un loup dans une bergerie ! », « Mais ça va être la pagaille dans l'établissement si on mélange les filles et les garçons », « Il ne faudrait pas que la réputation de l'établissement pâtisse de la présence des garçons ». Christine, elle, avait applaudi des deux mains. Plus besoin de faire semblant d'avoir un rendez-vous chez le dentiste du côté du lycée Voltaire, le lycée de garçons le plus proche de chez nous ! Les garçons seraient sur place, et Chris s'imaginait déjà déjeunant à la cantine avec un joli spécimen du genre masculin.

Vous comprenez mieux maintenant pourquoi, à quelques minutes d'entrer au lycée, Chris accordait une importance démesurée à sa tenue.

Christine – Tu me trouves comment avec la robe bleue ?

Lélia – Assortie à la blouse du jour ! Ça tombe bien qu'on soit en semaine A...

Règlement lycée Maurice-Ravel
Établissement pour jeunes filles de la sixième à la terminale
Année scolaire 1965-1966

– Les élèves doivent porter une blouse sur leurs vêtements : bleue les semaines A, beige les semaines B. (Le modèle réglementaire « La jeune fille » est en vente au Tablier français.)
– Le maquillage est interdit.

– Les bijoux sont tolérés à condition qu'ils soient discrets (chaîne avec médaillon portée sous les vêtements, boucles d'oreilles à peine visibles...).

Au rappel de la blouse, Christine s'est décomposée.

Christine – C'est horrible. Je déteste ce lycée.

J'ai éclaté de rire parce qu'au même moment France Gall, une chanteuse à la mode, a chanté dans le transistor : « Qui a eu cette idée folle un jour d'inventer l'école ? »

Christine – Ça te fait marrer, toi, qu'on soit obligées de mettre des blouses ?

Lélia – Non ! c'est la chanson à la radio qui me fait rire !

Chris n'a pas tenu compte de ma réponse, elle a continué ses revendications.

Christine – Les blouses, c'est nul ! Surtout maintenant qu'il y a des garçons !!! C'est l'année où la directrice aurait dû annoncer : « Mesdemoiselles, à partir d'aujourd'hui, vous aurez la permission de venir avec une robe courte et des ballerines. »

Lélia – Tu rêves ! Déjà qu'elle regarde de travers les filles qui ne mettent plus de chaussettes blanches et viennent jambes nues…

Ma meilleure amie s'est regardée une dernière fois dans le miroir puis, attrapant avec désespoir la blouse réglementaire, elle a dit :

Christine – OK. C'est parti pour le bagne…

Nous sommes descendues en passant par la salle du *Louis XVI*.

Le Louis XVI, c'est le café des parents de Christine. Il se situe à l'angle du 2, rue des Maraîchers (enfin, sa porte d'entrée principale avec son débit de tabac) et du 87, cours de Vincennes. Une partie de sa terrasse jouxte donc l'entrée du lycée.

Du côté de la rue des Maraîchers, le magasin juste à côté du café, au numéro 4, c'est *La Caravelle*, la librairie-papeterie de mon père. Le paradis sur terre !

Et si on passe encore quatre numéros, au 12, c'est le cabinet du père de Marie. Il est architecte.

Chris, Marie et moi habitons toutes les trois dans les appartements situés au-dessus des boutiques familiales. Ce qui nous vaut, depuis la sixième, d'être surnommées « les trois filles de la rue des Maraîchers ». Notre rue a contribué à souder notre amitié.

Plan du quartier*

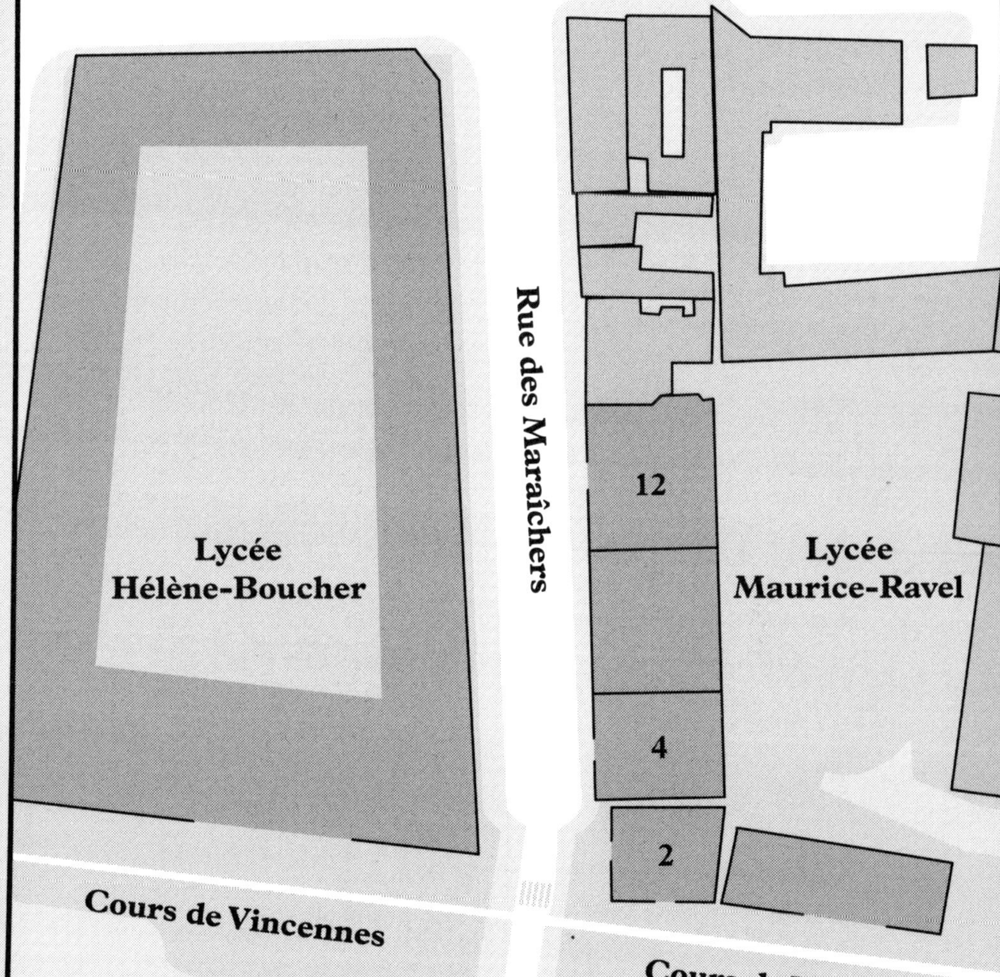

2. Le Louis XVI Café
4. La Caravelle Librairie
12. Cabinet d'architecte

Côté cours de Vincennes, à quelques minutes de l'ouverture des grilles, c'était l'effervescence. Les filles, qui attendaient la rentrée, avaient envahi la terrasse du *Louis XVI*. Ce qui n'était pas du goût de Louis*, le père de Christine :

* Le café s'appelait *Le Louis XVI* avant même que les parents de Christine ne le rachètent. Jeanne, sa mère, a trouvé que *Le Louis XVI* pour son époux Louis, c'était parfait. Mais Louis a voulu le débaptiser et l'appeler *Le 1789* parce que la Révolution française lui parlait davantage qu'« un vieux despote qui laissait son peuple mourir de faim », Jeanne n'a pas cédé... Louis a fini par dire : « C'est parfait, moi, Louis Jolibois, fils de paysan, je suis le patron de Louis XVI. »

Louis – Vous êtes gentilles, vous allez plus loin ! Je ne veux pas vous voir assises ici. Les tables, c'est pour les clients.

Des élèves – C'est bon, monsieur, ne vous énervez pas ! On s'en va !

Louis – Oui, eh ben, plus vite que ça... Ça fait deux fois que je sors pour vous le dire. On travaille, ici, on ne s'amuse pas.

Chris m'a chuchoté :

Christine – La honte !!! Je t'assure, il y a des jours, je voudrais vraiment changer de père...

Lélia – Arrête, il est super gentil.

Christine – Il gueule tout le temps !

Lélia – C'est sûr, il est ronchon, mais il a un cœur d'or. On y va ?

Christine – On attend cinq minutes qu'il n'y ait plus personne en terrasse. Je n'ai pas envie qu'on me voie avec lui.

Lélia – D'accord.

Nous sommes restées en embuscade dans la salle jusqu'à ce que les élèves « envahisseuses » aient repris leur cartable de cuir et rejoint le gros du troupeau. Il n'est plus resté en terrasse qu'un couple de vieux qui mangeait avec appétit un chocolat liégeois, et un type qui buvait un café.

Jeanne, la mère de Chris, qui sortait des cuisines au moment où on était sur le trottoir, a crié :

Jeanne – Eh les filles, attendez deux secondes !

On s'est retournées.

Jeanne – Venez ici, les amours, que je vous fasse un bisou pour vous souhaiter une bonne rentrée !

Christine (*exaspérée*) – Maman...

Jeanne – Quoi, « Maman » ?!?

Christine m'a chuchoté :

Christine – « Amours »... « bisou »... Mais quelqu'un peut lui dire que j'ai presque quinze ans ? Non, mais vraiment... la honte !

Jeanne s'est essuyé les mains sur son tablier gris et a couru vers nous pour nous embrasser.

Jeanne – Travaillez bien, les filles ! C'est une année importante.

Christine – Tu dis ça tous les ans.

Jeanne – Peut-être, mais cette année est encore plus importante.

Et, prenant à témoin les trois personnes en terrasse, elle a demandé :

Jeanne – N'est-ce pas que c'est une année importante, la classe de seconde ?

Le couple de vieux a confirmé entre deux cuillérées de glace. Le type qui était de dos s'est retourné et a acquiescé d'un mouvement de tête.

Jeanne – Tiens ! Tu vois, Christine, même ce jeune homme est d'accord avec moi. Expliquez-lui, vous, elle vous écoutera peut-être...

Bon, je l'avoue, Jeanne en faisait un peu trop là, mais ce n'est pas moi qui lui en ferais le reproche. C'est tellement bon, quelqu'un qui vous aime et s'intéresse à vous. Quand maman était vivante, je ne me rendais pas compte de ma chance, mais maintenant je reconnais la valeur de l'amour. Même s'il est manifesté de façon un peu lourde par une femme qui n'est pas ma mère...

Chris, qui avait désormais les joues de la même couleur que les pots de Ketchup sur les tables, m'a attrapée par le bras et m'a littéralement tractée plus loin sur le trottoir. Lorsque nous avons été à distance, elle m'a dit avec agitation :

Christine – Tu as vu ça ?!?

Lélia – Oui, ta mère a un peu exagéré mais tu ne vas pas en faire tout un plat !

Christine – Je te parle pas de ma mère ! Je te parle du beau garçon...

Lélia – Lequel ?

Christine – À ton avis ? Pas le vieux qui mangeait sa glace !!!

Lélia – Ah, le type qui était sur la terrasse ?

Imitant ma voix et très certainement mon air niais, elle a répété :

Christine – « Ah le type qui était sur la terrasse ? » Mais sur quelle planète tu vis, Lélia ??? Il faut absolument que tu sortes le nez de tes bouquins et que tu voies le monde qui t'entoure. Ce garçon est ce que j'ai vu de plus attirant sur terre depuis ma naissance !

Lélia – Si tu le dis.

Christine – Si tu le dis ? C'est tout ce que tu trouves à répondre ?

Lélia – Euh oui...

Christine – Parfois, je me demande si tu es une vraie personne. Peut-être qu'en fait tu es un personnage de papier échappé d'un de tes romans.

J'ai souri.

Chris est ma meilleure amie depuis le CP et on s'aime comme deux sœurs, mais une chose nous différencie : les livres !

Elle ne comprend pas comment je peux rester des heures assise à dévorer des romans. Quand elle débarque à *La Caravelle*, la librairie de mon père, et qu'elle me voit les épaules calées par les rayonnages, un livre à la main, elle me dit toujours : « Mais pourquoi tu restes toute coincée ici ? »

Elle n'arrive pas à saisir que c'est exactement le contraire. Je ne suis pas coincée par les livres, ils me libèrent. Ils m'ouvrent des fenêtres sur des vies qui ne sont pas la mienne et que j'ai le droit d'emprunter. Je suis tour à tour Marion du Faouët menant sa bande de brigands, Jean Valjean, le bagnard au grand cœur échappant à l'infâme Javert, ou Antigone préférant mourir pour ses idées que de vivre en obéissant au roi son oncle. J'adore ! Chris, pas du tout.

Remarque, il n'y a pas que les livres qui nous différencient.

Elle est blonde, je suis châtain ;

elle a des yeux marron, les miens sont verts ;
elle est grande, je suis une souris ;
elle a des seins, je suis toute plate ;
elle balance tout ce qu'elle a sur le cœur, je suis une taiseuse ;
elle ose tout ce qui lui passe par la tête, je réfléchis cent fois avant d'agir.
Mais une chose est sûre, on s'adore...

Christine – Non, mais t'as vu les yeux de ce type ?
Lélia – Ouais, il en avait deux, non ?

Obsédée par l'inconnu, Christine n'a pas relevé mon ironie.

Christine – Jamais vu des yeux aussi splendides de toute ma vie.

Il est inutile que je vous précise que Chris ne fait jamais dans la nuance. Le type est forcément le type le plus merveilleux de la terre. Et ses yeux sont forcément les plus splendides qu'elle ait jamais vus de sa vie...

Christine – Et sa bouche ? Une bouche de vedette de cinéma.

J'ai éclaté de rire.

Lélia – Rien que ça !!!

Je pense que Chris aurait continué à délirer longtemps sur le beau brun si les grilles du lycée ne s'étaient pas ouvertes, provoquant un mouvement de foule. Des surveillants postés à l'entrée ont exigé que les élèves entrent calmement après avoir décliné nom, prénom et niveau de classe.

Le surveillant (*en criant*) – Il est inutile d'essayer de se faufiler. Les élèves qui passeront les portes sans avoir émargé ne seront pas admis en classe. Pour information, les élèves du collège devront se regrouper dans la cour devant le réfectoire, les autres de l'autre côté, face au bureau de la surveillance.

Comme certains élèves manifestaient leur mécontentement sur l'organisation, le surveillant a ajouté :

Le surveillant – Et si ça ne convient pas à certains, je les engage à rentrer chez eux. Personne ne les retient.

Cette fois-ci, on n'a plus rien entendu. Chacun a respecté le protocole et, après un bon quart d'heure d'attente, nous sommes enfin entrées dans la cour.

Ça me fait toujours drôle de revenir ici après les vacances. Je suis à chaque fois étonnée de retrouver la cour du lycée à l'identique. Le gros saule pleureur continue de plier sous le poids de ses branches, le buste de Maurice Ravel est toujours couvert de fientes d'oiseaux, il manque toujours une planche au banc près de l'infirmerie, et les marquages au sol pour les matchs de volley sont toujours aussi pâles…

Si le décor de ce théâtre qu'est le lycée demeure le même, les comédiennes, en revanche, grandissent. Oh pardon ! les comédiens, dois-je dire aujourd'hui ! Parce que même s'il y a plus de mille filles à Maurice-Ravel, il y a désormais quatorze garçons, et la grammaire nous oblige à tout mettre au masculin.

Règle du masculin générique : « Le masculin l'emporte sur le féminin. »

Cette règle de grammaire a le don de rendre dingue Pauline, ma grande sœur. D'ailleurs, elle refuse de l'appliquer quand elle écrit. Tant pis si elle perd des points dans ses copies. Elle dit que si on veut changer le monde, il faut déjà changer la langue. Et que si la règle de grammaire était : « Le masculin est l'égal du féminin », ça ferait évoluer les mentalités. Elle me fait trop rire avec sa façon de batailler… Enfin, pas toujours !

Ma sœur aînée est contre tout : la société de consommation, la vie à crédit, la pollution, l'argent, la morale bourgeoise, le mariage, le travail, la police…

Il suffit d'un mot pour qu'elle hurle qu'il faut bazarder l'ancien monde pour en inventer un nouveau. Elle et ses copains du lycée Paul-Valéry se retrouvent souvent au *Louis XVI*, après les cours, pour préparer leur révolution.

Enfin, pour en revenir à notre arrivée dans la cour, l'ambiance était très bizarre pour un jour de rentrée. Au lieu de voir des filles heureuses de se retrouver, qui poussent des cris en se sautant dans les bras, tandis que d'autres dépriment dans leur coin à l'idée de reprendre les cours, là on avait autre chose.

À la façon d'un champ de tournesols, toutes les têtes étaient tournées du même côté. Mais ce n'était pas le soleil qu'elles cherchaient... Non, ce qui provoquait cette attraction, c'était la présence de trois garçons.

Les premiers du genre masculin à fouler le sol de notre cour ! Les pauvres... Ils semblaient gênés. On l'aurait été à moins ! Quand des centaines de paires d'yeux vous observent en chuchotant, il y a de quoi se sentir mal. Finalement, l'arrivée progressive des autres garçons a étoffé leurs rangs et leur a redonné une contenance. Christine, qui suivait l'entrée des nouveaux sur le terrain à la façon d'une supportrice de match de foot, m'a demandé :

Christine – Ils ne devaient pas être quatorze ?
Lélia – Si, pourquoi ?
Christine – Parce qu'ils ne sont que treize...

Lélia – Un désistement. Un type qui a réalisé que quatorze garçons pour mille cent filles, ça allait être un cauchemar vivant. Il a préféré déserter.

Derrière moi, une voix imitant celle d'un fantôme a demandé :

La voix – Qui a eu cette idée géniale de déserter cette prison maudite ?

Je me suis retournée. C'était Marie !

Lélia – Tu m'as fait peur !

Marie m'a souri. Marie sourit toujours ! Marie est un rayon de soleil ambulant. Elle voit toujours le bon côté des choses. Elle m'a été d'un grand secours, il y a quatre ans, quand ma mère est morte. Christine et elle sont mes meilleures amies dans la vie. Même si elles le sont de façon différente. Chacune avec son caractère. Et je peux affirmer que mon amitié pour elles n'a d'égale que celle qu'elles me portent. Nous trois, on est un clan face au reste du monde. D'ailleurs, notre slogan favori c'est : « Nous trois et le reste du monde... »

Marie – Hello les filles ! Alors, ça y est, il y a des garçons au lycée ?

Christine – On n'en a que treize finalement.

Marie – Ça ne va pas rassurer ma mère qu'il y en ait un de moins ! Je peux vous dire que j'ai encore eu droit à ma leçon de morale dès le petit déjeuner : « Marie, n'oublie pas : une jeune fille de bonne famille baisse les yeux quand un garçon la regarde », « Marie, rappelle-toi : une jeune fille de bonne famille ne s'assied pas à la cantine à côté d'un garçon », « Marie, respecte toujours cette règle : une jeune fille de bonne famille ne reste pas à bavarder devant le lycée s'il y a un garçon dans le groupe ».

Lélia – Ah oui, quand même !

Christine – Laisse-la dire. Tu feras ce que tu veux au lycée. Elle ne sera pas là pour vérifier.

Marie – C'est plus compliqué que ça, Chris.

Christine – Je ne crois pas ! T'as déjà lu la bande dessinée *Pifou* ?

Marie (*en prenant la voix de sa mère*) – Voyons Chris, une jeune fille de bonne famille ne lit pas de bande dessinée, elle révise son catéchisme...

Christine – C'est bien dommage ! Pifou le chien ne connaît que deux expressions dans la vie : « Glop » et « Pas glop ».

Marie – Et ça veut dire quoi ?

Christine – Glop : ça me va. Pas glop : ça me va pas ! Eh bien, à chaque fois que ta mère te dit un truc, demande-toi : glop ou pas glop ?

2.
Les portes du pénitencier, bientôt vont se refermer

Les portes du pénitencier
Bientôt vont se refermer
Et c'est là que je finirai ma vie
Comme d'autres gars l'ont finie

(Chanté par Johnny Hallyday)

***

Un coup de sifflet strident a retenti dans la cour. Ça, c'est la signature sonore de Mlle Heltz, la surveillante générale. Et quand je dis « surveillante générale », vous pouvez ne retenir que le mot « générale » ! Cette femme a vraiment raté sa vocation. Elle aurait dû travailler dans l'armée.

Pas glop du tout, mais pas moyen d'y échapper... C'est là qu'on voit que la théorie de Chris a ses limites.

Mlle Heltz est une femme d'une quarantaine d'années. Petite, plutôt costaude, elle porte les cheveux courts façon garçonnet. Ses mollets, qu'elle a énormes, sont la risée de tout l'établissement. Enfin, la risée quand elle est de dos et à distance ! Parce que, lorsque vous êtes face à Mlle Heltz, vous cessez de respirer tellement vous êtes terrorisée.

Elle a hurlé :

La surveillante générale – Mesdemoiselles, bonjour.

Puis, se rappelant qu'il y avait désormais des garçons au lycée, elle a rectifié avec une petite grimace de dégoût :

La surveillante générale – Mesdemoiselles et messieurs bonjour. À mon commandement, les élèves de seconde se regrouperont à ma gauche. Je vous appellerai ensuite par ordre alphabétique pour vous indiquer votre classe. Aucune réclamation ne sera tolérée, aucune demande ne sera examinée pour un quelconque changement de classe.

Christine a chuchoté :

Christine – Pourvu qu'on soit ensemble et qu'il y ait plein de garçons dans notre classe...

Marie – Bien sûr qu'on va être dans la même classe ! On a la baraka !!!

« On a la baraka ! » est une expression que Marie utilise pour dire qu'on a de la chance. Elle l'a ramenée de Constantine, la ville d'Algérie dans laquelle elle a vécu jusqu'à ses onze ans. Avec sa famille, elle habitait là-bas et puis il y a eu les Événements… Alors ils sont partis du jour au lendemain.

Marie m'a raconté qu'un matin, très tôt, son père était entré dans sa chambre et lui avait dit : « Tu te lèves, tu t'habilles, tu choisis trois choses que tu aimes dans ta chambre et tu dis adieu à tout le reste. On va quitter ce pays et on ne reviendra jamais. On va vivre à Paris. Je ne veux entendre aucune question. Je veux juste que tu obéisses. »

Le visage de son père était tellement fermé que Marie s'était immédiatement exécutée. Elle avait enfilé sa robe et ses sandales blanches, puis elle avait mis dans son petit sac son harmonica, un coquillage en forme de cœur trouvé sur la plage et le médaillon offert par sa grand-mère le jour de son baptême. Ensuite, elle avait rejoint ses parents dans le salon.

Pas un mot n'avait été prononcé dans la voiture qui les avait menés jusqu'au bateau. Pas un mot non plus durant la traversée jusqu'à Marseille. Pourtant, ils n'étaient pas les seuls Français à quitter l'Algérie ce jour-là. Lorsqu'ils étaient descendus du ferry, Marie avait vu des gens qui agitaient une banderole sur l'embarcadère. Elle leur avait souri. C'est seulement en s'approchant qu'elle avait lu le message qui leur était destiné : « Rentrez chez vous ! On ne veut pas de vous ici ! »

Eh bien, malgré cet accueil, Marie avait continué à sourire. Elle avait même dit à sa mère qui pleurait discrètement : « Ne t'inquiète pas Maman, on va avoir une belle vie ici ! »

Comme les élèves de seconde ne se regroupaient pas assez vite, Mlle Heltz a redonné un très long coup de sifflet.

Chris m'a chuchoté :

Christine – Elle va exploser si elle continue à souffler dans son truc.

La surveillante générale, qui avait aperçu Christine me parler, l'a fixée d'un air mauvais.

Vous voyez la gueule de la hyène affamée quand on lui pique sa cuisse de gazelle ? Regard de haine, babines retroussées, dents prêtes à mordre et corps tout entier tendu vers l'attaque ? Eh bien, c'est Bambi, à côté de Mlle Heltz.

Elle a hurlé en s'approchant de nous :

Mlle Heltz – On se tait, mademoiselle ! Croyez-vous que...

J'allais mourir d'une crise cardiaque si elle faisait un pas de plus, quand une voix grave a prononcé derrière moi :

La voix grave – Excusez-moi, madame, je suis nouveau dans cet établissement, et je n'ai pas compris où je dois aller. Pouvez-vous me l'indiquer ?

La question a stoppé net la surveillante dans son élan.

Durant quelques secondes, il y a eu un silence de mort. De mémoire d'élève, personne n'avait jamais interrompu Mlle Heltz et on n'osait imaginer la peine encourue.

La hyène – euh, pardon : la surveillante générale – a regardé l'inconnu qui se tenait derrière nous. Le temps s'est comme figé. On a toutes fixé nos sandales pour éviter de croiser le regard de celle qui allait mettre à mort le nouveau venu. Je ne sais pas combien de secondes se sont écoulées avant qu'on entende de nouveau la même voix :

La voix grave – Veuillez m'excuser, je ne me suis pas présenté. Je m'appelle Paul Masson et je suis en terminale.

Pauvre Paul Masson ! Dans les cinq minutes qui ont suivi, il a été massacré. Mlle Heltz s'est même déplacée pour lui cracher sa haine au plus près du visage. Lorsque la séance de torture a été terminée, la surveillante est revenue à sa place et a repris sa liste en main pour nous appeler l'une après l'autre.

Nous n'avons manifesté aucune joie lorsque nous avons appris que Chris, Marie et moi étions dans la même classe. Nous ne nous sommes même pas jeté un regard complice. Rien. Vu la forme olympique de la hyène aujourd'hui, il valait mieux rester aux abris.

C'est seulement quand elle nous a quittés pour appeler les élèves de première que nous nous sommes discrètement serré les mains en chuchotant :

Christine, Lélia et Marie – On a la baraka !!!

Chris, qui ne devait sa survie qu'à l'intervention du pauvre Paul, s'est retournée pour voir dans quel état il se trouvait. Et là, elle est restée médusée... Comme ses joues s'enflammaient et que sa respiration devenait plus courte, je me suis retournée à mon tour.

Je l'ai aussitôt reconnu. Paul Masson était LE garçon de la terrasse. Il nous a souri. Puis, s'approchant de Christine, il lui a dit :

Paul – Je n'allais pas laisser l'ogresse te manger toute crue quand même !

Ma meilleure amie a essayé de répondre, mais les mots sont restés coincés dans sa gorge. Ils ont dû se mettre en boule parce qu'elle a dégluti comme si elle tentait d'avaler un œuf d'autruche avec sa coquille.

Paul est reparti avec calme et décontraction rejoindre le groupe des élèves de terminale. Christine est restée sans bouger, le regard dans le vague et un sourire niais flottant sur les lèvres.

J'ai agité ma main devant ses yeux pour la ramener à la réalité. Rien... J'ai murmuré :

Lélia – Chris ! Christine, tu m'entends ?!?

Et tandis que les filles de la classe commentaient l'intervention du désormais célèbre Paul Masson et posaient mille questions – elles voulaient savoir pourquoi il avait parlé à Chris et comment elle le connaissait –, ma meilleure amie est sortie peu à peu de son état comateux. Ses premiers mots ont été :

Christine – Il est si beau... Je l'aime... Je veux passer le reste de ma vie à ses côtés.

Sa déclaration d'amour a été accueillie par des « Oh oui, je comprends » et des « C'est vrai qu'il est beau » ! Bref, un vrai délire.

En voyant la réaction de mes camarades, j'ai compris que l'arrivée de ces quatorze garçons dans notre lycée allait sévèrement changer la donne. Je n'imaginais pas à quel point la suite allait malheureusement me donner raison.

Si la journée avait commencé par les cris de la hyène, elle s'est poursuivie sur la même tonalité. Alors que nous attendions en rang notre professeur principal pour monter en classe, nous avons vu arriver une des enseignantes que tout le monde redoute : Mme Pfeiffer, une professeure d'anglais horriblement sadique.

J'ai murmuré :

Lélia – Oh non, pas elle…
Marie – T'inquiète pas ! Ça va bien se passer !

Je n'ai pas voulu jouer la rabat-joie mais avec Pfeiffer, ça se passe toujours mal. À chacun de ses cours, il y a au moins une fille qui sort en pleurant. Cette femme rivalise de créativité pour humilier ses élèves. Si vous avez 6 de moyenne avec elle, c'est que vous êtes la meilleure de la classe. Elle rend toujours les devoirs dans l'ordre décroissant des notes, et chaque élève reçoit sa copie avec un discours personnalisé : « Mademoiselle, vous avez réussi à hisser la bêtise au rang d'art » ou bien : « Vous êtes en nette progression, mademoiselle… mais vers la porte ! » ou bien : « Vous pouvez compter sur moi pour émettre un avis très favorable, mademoiselle… à votre redoublement. »

C'est la terreur des élèves.

Christine n'a pas semblé perturbée par cette mauvaise nouvelle. Le fait que deux garçons soient dans notre classe l'a aussi laissée totalement indifférente. C'était comme si elle était sur un petit nuage et que la vie sur terre ne la concernait pas.

Le « En avant mesdemoiselles » prononcé par Mme Pfeiffer pour nous engager à rejoindre notre salle a provoqué des ricanements. La prof n'a pas saisi pourquoi puis, se rappelant soudain la présence des deux garçons, elle s'est raclé la gorge, ennuyée. Alors, hésitant certainement entre « En avant mesdemoiselles et messieurs » et « En avant les élèves », elle a fini par crier :

Mme Pfeiffer – En avant dans le silence !

J'ai pensé que Mme Pfeiffer venait de louper une belle occasion de souhaiter la bienvenue aux deux garçons et à la mixité. Souvent, quand les profs se sentent coincés, ils utilisent l'injonction au silence comme arme fatale. C'est sûr que c'est efficace. Il n'y a plus d'opposition possible. Mais comme l'affirme ma sœur Pauline, « Réduire l'autre au silence, c'est l'arme des dictateurs et c'est la preuve même de leur faiblesse ! ». Le silence de l'autre, ça se mérite, ça ne s'impose pas.

Alors que nous nous dirigions vers l'escalier qui mène au premier étage, Mlle Heltz a soudain fait barrage. Elle a murmuré quelque chose à l'oreille de notre professeure, qui a semblé embarrassée. Mme Pfeiffer s'est de nouveau raclé la gorge puis, se tournant vers nous, elle a exigé qu'on fasse demi-tour pour rejoindre la cour. J'ai murmuré à Chris :

Lélia – Pourquoi on retourne dans la cour ?

Aucune réponse. Ah oui, j'avais oublié, elle était sur son petit nuage !

Mme Pfeiffer – Vous avancez tout droit jusque... Jusqu'aux... Jusqu'aux toilettes.

Chris a fini par redescendre sur terre. Elle m'a demandé tout d'un coup :

Christine – Où on va comme ça ?

Lélia – Aux dernières informations, on se dirige vers les toilettes.

Christine – Hein ?

Lélia – Oui, c'est bizarre. Mais cette rentrée *est* bizarre...

Mme Pfeiffer, qui nous avait précédés, a levé la main pour qu'on s'immobilise. On se serait crues au Louvre, quand un guide lève la main pour demander aux visiteurs de s'arrêter devant la *Joconde*. Sauf que là, l'œuvre en question était les toilettes de la cour du lycée Maurice-Ravel.

Remarque, pourquoi pas ? Mon père m'a raconté qu'un artiste nommé Marcel Duchamp a exposé un urinoir posé à l'envers dans une galerie new-yorkaise en 1917 et que l'objet est considéré aujourd'hui comme une œuvre majeure du XXe siècle !

Des chuchotements se sont fait entendre. La prof d'anglais a exigé le silence puis a prononcé comme si elle récitait une leçon apprise par cœur :

Mme Pfeiffer – Compte tenu de l'arrivée des garçons dans l'établissement, il y a eu des travaux dans les toilettes de la cour. Désormais lorsque vous entrez, vous trouvez sur votre gauche les toilettes des garçons et sur votre droite les toilettes des filles. Si jamais l'un ou l'une d'entre vous se permettait d'emprunter les mauvaises toilettes, il ou elle serait aussitôt renvoyé de l'établissement.

Chris m'a chuchoté :

Christine – On n'y avait pas pensé, à ça !

Lélia (*en souriant*) – Non, c'est certain. Comme quoi, la mixité entraîne des modifications profondes dans une société ! Exemple : « Comment faire pipi avec moitié moins de toilettes, alors qu'en temps normal on fait déjà la queue à la récré ? »

Après cette visite guidée, nous sommes montés en silence jusqu'à notre salle. La prof a vérifié que nous étions toujours en rang deux par deux, puis elle a ouvert la porte de la 117. Oh, cette odeur de désinfectant quand on rentre, c'est toujours aussi horrible ! Pour moi, c'est l'odeur de la rentrée et du lundi matin.

Si, en sixième, les élèves courent pour occuper les places au premier rang afin d'être le plus près du prof, avec l'âge, la tendance s'inverse. Aujourd'hui encore la théorie a été vérifiée ! Comme nous étions les dernières à entrer (avec les vacances, on avait perdu en rapidité !), on s'est retrouvées avec Chris juste devant le bureau de Pfeiffer. On s'est juré d'être plus rapides au prochain cours. Comme d'habitude, Marie s'est placée derrière nous.

Depuis qu'on s'est rencontrées, sa mère refuse que Marie s'asseye en classe à côté de l'une de nous deux. D'après elle, la meilleure solution pour rester concentrée est d'être seule à une table si on peut, sinon à côté de quelqu'un qu'on ne connaît pas bien. Comme ça, aucune tentation possible.

Alors que nous attendions la permission de nous asseoir, la prof a marché de long en large sur l'estrade, scrutant les élèves façon policier qui cherche à identifier un suspect. Son manège a duré cinq bonnes minutes. On n'a plus entendu le moindre souffle dans la classe. Seuls résonnaient les pas de Mme Pfeiffer. On a toutes – oh pardon, tous – commencé à comprendre pourquoi sa réputation de tortionnaire n'était pas usurpée.

Mme Pfeiffer – Avant toute chose, je vais vous dresser la liste de tout ce qui est interdit avec moi. Cette liste, gravez-la au burin dans votre cerveau, je ne la répéterai pas deux fois :

– Il est interdit de chercher quelque chose dans son cartable ou ses poches sans mon autorisation.

– Il est interdit de demander quoi que ce soit à sa voisine… ou à son voisin.
– Il est interdit de se retourner.
– Il est interdit de se balancer sur sa chaise.
– Il est interdit, durant les contrôles, de lever les yeux de sa copie ou de prononcer un seul mot.
– Il est interdit d'aller à l'infirmerie durant mon cours.
– Lorsque la sonnerie retentit à la fin du cours, il est interdit de ranger ses affaires sans mon autorisation.

… Et bien évidemment, comme dans toutes les autres matières :

– Il est interdit de parler sans avoir au préalable levé le doigt et avoir reçu une autorisation de votre enseignant.
– Il est interdit d'entrer en classe, même si la salle est ouverte, sans l'accord de votre enseignant.
– Il est interdit de s'asseoir tant que l'enseignant ne vous en donne pas l'ordre.

Pour ceux qui n'auraient pas tout compris, je vous donne un exemple concret : *si, lors d'un contrôle, vous ressentez une douleur fulgurante au niveau du cœur et que vous savez que c'est un infarctus, vous devrez continuer à regarder votre copie, mourir sans bouger de votre chaise et sans émettre aucun son. Vous devrez attendre la sonnerie et la permission de la prof pour tomber au sol.*

Mme Pfeiffer – Ah, j'oubliais : il est interdit de jeter par terre pelures de crayon, feuilles de brouillon ou autres. Une poubelle est à votre disposition en fin de séance. La salle doit être propre, quelle que soit l'heure de la journée.

Complément d'information pour mon exemple : *après la sonnerie et même avec la permission de la prof, il vous sera impossible de rester morte sur le sol. Il faudra aller vous jeter vous-même dans la poubelle avec vos pelures de crayon.*

J'ai regardé Chris. Elle avait perdu son air niais et semblait prendre la mesure de ce qu'allait être notre vie cette année.

Mme Pfeiffer – C'est enregistré ?

Comme nous répondions tous d'une seule voix : « Oui, madame », la prof nous a regardés et nous a dit :

Mme Pfeiffer – Ce n'est pas la réponse attendue.

Ben, elle voulait quoi ?

Mme Pfeiffer – J'attends donc la réponse adéquate.

Comme la prof avait repris ses allées et venues sur l'estrade, mettant nos nerfs à l'épreuve, une voix masculine a prononcé :

La voix masculine – *Yes, Madam !*

Ah c'était ça, elle voulait la réponse en anglais !

Pfeiffer s'est arrêtée net de marcher et a fixé le garçon qui venait de parler. Je l'avais observé à la dérobée, tout à l'heure, tandis qu'on attendait dans la cour. De taille moyenne, plutôt baraqué, il a les cheveux châtain clair. On ne peut pas dire qu'il soit beau mais c'est le genre de garçon qui dégage un certain charme. Le style décontracté qui ne cherche pas à paraître autre chose que ce qu'il est. Rien à voir avec son copain qui est grand, maigre, et semble très anxieux. On peut voir sa pomme d'Adam monter et descendre en permanence au milieu de son long cou. Si vous ajoutez au-dessus de son visage allongé une tignasse frisée qui pousse à la verticale, vous avez un premier aperçu…

La prof a demandé d'un air mauvais :

Mme Pfeiffer – Qui vous a donné l'autorisation de répondre, jeune homme ?

Cette fois, l'élève a levé le doigt. D'un hochement de tête, Pfeiffer l'a invité à parler.

Le garçon aux cheveux châtain clair – *I beg your pardon, Madam. I understood all your rules. I'll respect them from now on.*

Tous les yeux étaient maintenant braqués sur notre nouveau camarade. On n'avait pas tout à fait compris sa réponse mais elle a semblé satisfaire la prof.

Mme Pfeiffer – *Well, very well... What's your name, young man?*

Le garçon aux cheveux châtain clair – *My name is Erwan.*

Mme Pfeiffer – *My name is Mrs. Pfeiffer.*

Erwan – *Nice to meet you, Mrs. Pfeiffer.*

La prof a esquissé un sourire mais, comme chez les grands fauves, cela ressemblait plus à un retroussement de babines avant l'attaque qu'à un mouvement du cœur.

Il est inutile de vous raconter par le détail l'heure qui a suivi. Après la distribution de nos emplois du temps et la liste de nos profs, ça a été un festival de petites brimades et de remarques désagréables. Je ne sais pas si, à la fin de cette année scolaire, on sera meilleurs en anglais, mais ce qui est certain, c'est qu'on sera toutes et tous traumatisés !

À 16 h 05, lorsque la prof nous a invités à sortir de la salle, il y a eu un gros soupir collectif. Le soupir des prisonniers qui, après vingt ans de cachot, revoient la lumière pour la première fois. Je n'ai pas eu le temps d'échanger un mot avec Chris. Elle a pris ses affaires et a détalé plus vite que son ombre. Ça m'a fait tout bizarre.

Marie, inquiète, m'a demandé :

Marie – Qu'est-ce qu'elle a ? Pourquoi elle ne nous attend pas ?

Lélia – Je sais pas. À moins que...

Marie – À moins que quoi ?

Ce n'était quand même pas pour retrouver le fameux Paul ? Chris ne serait pas partie sans nous ! On reste toujours ensemble après les cours ! On grignote un truc et on fait nos devoirs.

Après avoir réfléchi un petit moment, Marie a souri.

Marie – Quoi ? Tu crois qu'elle est partie avec Paul Masson ?

Lélia – Avec elle, tout est possible.

Marie – Il faut dire qu'il est vraiment beau !

Chris n'était pas partie. Elle était dans le hall et, droite comme un *i*, scrutait les élèves qui sortaient, dans l'espoir de voir Paul. Elle est restée là jusqu'à ce qu'il n'y ait plus âme qui vive. Avec Marie, nous l'avons attendue patiemment en discutant. Quand il a été évident que son héros avait déjà quitté le lycée, Chris a consenti à partir.

Enfin, plus exactement, à partir vérifier qu'il n'était pas en train de boire un café au *Louis XVI*. Après avoir inspecté la terrasse et la salle, elle a fini par admettre que son sauveur n'était pas là.

Christine – C'est affreux... Il a disparu...

J'ai éclaté de rire.

Lélia – Tu ne crois pas que tu en fais un peu trop, là ?

Marie la gentille a tenté de rassurer l'inconsolable.

Marie – Il est dans le même lycée que nous, tu vas le croiser tous les jours.

Jeanne, qui arrivait avec une commande, s'est réjouie de nous voir. Elle a crié :

Jeanne – Alors ???

Puis, voyant la mine catastrophée de sa fille, elle a demandé :

Jeanne – Vous n'êtes pas dans la même classe ?

Lélia – Si ! On est en seconde 1, toutes les trois.

Jeanne – Ouf ! Qu'est-ce qui ne va pas, alors ? Vous avez M. Saraille en histoire ?

Saraille est le même genre de prof que Pfeiffer.

Marie – Non, on a Mme Marchal en histoire.

Jeanne – Ah, formidable ! On va fêter ces deux bonnes nouvelles ! J'ai fait des mousses au chocolat, asseyez-vous à la 6, je vous les apporte.

Comme d'habitude, Marie a décliné poliment l'offre. Sa mère lui interdit de rester au *Louis XVI*, même si c'est pour faire les devoirs sous la surveillance de Jeanne.

Elle lui répète en permanence : « Une jeune fille de bonne famille n'a rien à faire dans un café. Ce sont les hommes qui vont au café, et si une fille y va seule, c'est qu'elle cherche l'aventure. » Notre amie sait bien que ce genre de remarque est d'un autre temps et d'un autre pays, mais elle obéit. D'abord parce que je crois qu'elle ne veut pas faire de peine à sa mère, mais aussi parce que celle-ci la menace tout le temps de la retirer du lycée pour la mettre dans une institution catholique. Et on sait que Mme Bourdois serait parfaitement capable de le faire.

Christine – Si tu veux, on va toutes les trois chez toi avec nos mousses au chocolat ?

Marie – J'aimerais bien, mais c'est mieux que je rentre seule aujourd'hui.

Lélia – T'es sûre ?

Marie – Oui.

Lélia – Tu sais, moi, je m'en moque si elle nous fait des réflexions pas sympas. L'important, c'est d'être avec toi.

Christine – Pareil pour moi.

Marie nous a regardées et j'ai senti que notre proposition l'avait embarrassée et touchée à la fois. Elle devait se sentir partagée entre l'envie d'être avec nous et l'angoisse de nous imposer les remarques désagréables de sa mère.

Je ne compte plus les fois où nous avons eu le droit à : « Christine, votre mère ne vous a pas appris à vous taire lorsque vous mangez ? Il n'y a rien de plus laid que des dents souillées par la nourriture » ou à : « Une jeune fille ne s'essuie pas la bouche, elle se tamponne délicatement les lèvres » ou encore à : « Lélia, ne croisez pas vos jambes. Une jeune fille bien élevée serre ses genoux l'un contre l'autre. »

Bref des remarques hyper-vexantes qui finissent par te faire croire que tu n'as reçu aucune éducation. Elle se la joue Mme la Comtesse parce qu'elle a du mobilier Louis-Philippe, qu'elle a été la première à avoir le téléphone et un poste de télévision dans le quartier et que sa femme de ménage passe deux fois par semaine. Il faudrait que quelqu'un lui dise que venir chez elle est une corvée qu'on supporte uniquement parce qu'on aime Marie.

Pour en revenir au présent, Jeanne, adorable comme toujours, a sauvé notre amie de cette situation délicate.

Jeanne – Je comprends que tu doives rentrer vite, ma chérie. Si tu m'attends deux secondes, je te donne ta coupe, tu la mangeras chez toi.

Marie – Non... Non... C'est pas la peine.

C'est drôle comme on peut dire une chose par politesse et envoyer l'information contraire avec les yeux. Heureusement, Jeanne sait lire dans les yeux...

Jeanne (*en souriant*) – Tu ne bouges pas, je reviens. Je sers ces messieurs-dames et je te donne ta mousse. Je serais très fâchée si tu partais sans !

Marie – D'accord, Jeanne.

Et, se tournant vers nous, Marie a ajouté tristement :

Marie – Vous ne m'en voulez pas les filles, si je pars ?

Lélia – Tu te rappelles notre devise débile en sixième ?

Marie (*prenant une voix de petite fille*) – Personne ne séparera jamais...

Lélia et Chris (*en riant*) – … les trois filles de la rue des Maraîchers !

Chris s'est sentie obligée d'ajouter :

Chris – Et certainement pas ta mère !!!
Marie – Malheureusement, elle en a le pouvoir.
Lélia – On ne la laissera jamais faire. Tu peux compter sur nous.

Une fois Marie partie avec sa mousse au chocolat (et notre promesse d'amitié éternelle), Chris a tourné en boucle sur son prince charmant. Comme je lui conseillais d'attendre tranquillement qu'il se manifeste et donne des signes de son intérêt pour elle, ma meilleure amie a soupiré :

Christine – Tu ne comprends rien à l'amour. Il ne faut rien laisser au hasard, et passer à l'attaque.

J'ai haussé les épaules.

Lélia – Je n'ai peut-être jamais eu de petit copain, mais j'en sais plus que tu ne le penses !
Christine – Ah oui, comment ?
Lélia – On apprend beaucoup de choses en lisant des histoires d'amour.

Christine m'a regardée en dodelinant de la tête.

Christine – N'importe quoi…

Lélia – C'est parce que tu ne connais pas l'histoire d'amour de la princesse de Clèves et du duc de Nemours.

Christine – Si, tu me l'as déjà racontée ! C'est la dingue qui, après la mort de son mari, refuse d'épouser l'homme qu'elle aime et finit bonne sœur dans un couvent glacial.

Lélia – Elle n'est pas dingue ! En se sacrifiant, elle inscrit son amour dans l'éternité et reste fidèle à la mémoire de son mari.

Christine – Oui, c'est bien ce que je dis, elle est dingue.

Je n'ai rien pu répondre à Christine, le bon sens parlait pour elle… Mais pas l'Amour avec un grand A. Si une histoire pareille m'arrivait, moi aussi je renoncerais à mon amour pour le garder intact.

Christine – Bon, on arrête avec ton histoire pourrie et on prépare un plan.

Lélia – Un plan pour quoi ?

Christine – Pour que je me retrouve en tête-à-tête avec Paul. C'est ce qui compte le plus désormais dans ma vie !

Cette dernière remarque m'a fait un coup au cœur. Un inconnu avait plus d'importance que Marie et moi. Si, en un après-midi, l'arrivée des garçons avait eu tant de conséquences sur notre petit groupe de trois personnes, qu'est-ce qu'on pouvait en attendre à l'échelle du lycée… ou du quartier ? Mais je n'allais pas me laisser démoraliser. Elle avait beau avoir revu ses priorités, Christine restait mon amie à la vie à la mort.

Lélia – Alors si c'est ce qui compte le plus dans ta vie, allons-y, préparons un plan !

Je vous évite la discussion qui a suivi et le plan qui a été élaboré par ma meilleure amie. Il ressemblait plus à une chasse, avec traque du gibier, qu'à un début d'histoire d'amour. Au moment où je me levais pour rentrer chez moi, Chris a répété pour la cinquantième fois :

Christine – Rendez-vous demain à 8 h 15 devant *La Caravelle* !

3.
Maladie d'amour, maladie de la jeunesse

Maladie d'amour, maladie de la jeunesse
Si tu n'aimes que moi
Reste tout près de moi, oh…
Maladie d'amour, maladie de la jeunesse
Si tu n'aimes que moi
Reste tout près de moi

(chanté par Henri Salvador)

***

Après avoir juré à Chris que je serais au *Louis XVI* à 8 h 15, je suis vite rentrée. J'avais promis à Zazie, ma petite sœur, d'être là pour son bain. Au cas où vous vous demanderiez d'où vient son prénom, je vous informe qu'il provient en direct des rayons de livres de la librairie ! Ma mère a choisi pour chacune de ses trois filles un prénom de personnage d'un roman qu'elle adorait. *Zazie dans le métro*, de Raymond Queneau, *Lélia*, de George Sand, et *Pauline*, d'Alexandre Dumas. Trois héroïnes qui ne s'en laissent pas conter et qui n'ont pas leur langue dans la poche.

Lorsque je suis passée par la librairie, Papa m'a juste fait un petit signe de tête. Il était en train de discuter avec un client et, dans ce cas-là, il n'aime pas trop qu'on le dérange.

J'ai longé les rayonnages de livres d'art grand format (il y en a pour tous les goûts : peinture, sculpture, architecture, animaux, pays du monde entier...) et ceux, mobiles, qui accueillent les centaines et centaines de romans du magasin. Tout est classé par pays et par ordre alphabétique de noms d'auteurs. J'adore les réciter, c'est comme un hommage : Alain, Anouilh, Apollinaire, Aragon, Artaud, Audoux, Aymé, Balzac, Barbey d'Aurevilly, Barthes, Bataille, Baudelaire, Bazin, Beaumarchais, Beauvoir...

Contrairement à mon habitude, je n'ai pas pris le temps de flâner devant les deux grands meubles vitrines qui contiennent l'un les stylos plumes de chez Sheaffer et Waterman (des plumes élancées qui font une écriture de rêve) mais aussi les porte-crayons en argent de Faber-Castel (mon rêve absolu), et l'autre des exemplaires de la Pléiade (une collection magnifique de romans imprimés sur papier bible. Je n'ai pas le droit d'y toucher parce qu'ils sont fragiles et qu'ils coûtent cher).

J'ai préféré me faire discrète et vite grimper l'escalier qui mène à notre appartement.

J'avais à peine ouvert la porte que j'ai été apostrophée par ma belle-mère :

La belle-mère – Tu as vu l'heure, Lélia ?

Lélia – Ben oui, il est 18 heures, mais j'avais prévenu Papa que je serais au *Louis XVI* avec Christine.

La belle-mère (*agressive*) – Tu avais peut-être prévenu ton père mais pas moi ! Et il se trouve que je suis là, moi aussi, et j'aimerais bien que tu en prennes conscience.

J'ai eu envie de lui répondre : « Mais ne t'inquiète pas, Gisèle, je sais que tu es là ! Vu comme tu me pourris la vie, ça serait même étonnant que je n'aie pas conscience de ta présence ! » mais je me suis tue. Comme Papa nous le demande, j'ai fait un effort pour ne pas « envenimer la situation ».

J'ai pensé à Maman et à la façon qu'elle avait de nous accueillir après l'école. Dès qu'on franchissait la porte de la librairie, quoi qu'elle fasse, elle s'arrêtait net. Client ou pas client. Elle nous regardait joyeusement en disant : «Voilà mes lumières du jour ! » Ensuite, elle courait vers nous et nous serrait dans ses bras.

Après, elle demandait à la nounou de nous donner le goûter en attendant qu'elle monte. Chaque fois, un gâteau différent nous attendait dans la cuisine : tarte aux pommes, brioche, pain perdu... Ce n'était pas très bon (ma mère était une très mauvaise cuisinière !) mais on s'en moquait, car sur chacune de nos assiettes, il y avait un petit mot rigolo. Pour Zazie, qui était encore un bébé, maman dessinait des animaux.

Mais ça, c'était ma vie d'avant, aujourd'hui j'ai eu le droit à :

La belle-mère – Bon, ben maintenant que tu es rentrée, occupe-toi de Zazie. Elle n'a pas voulu que je lui donne son bain. Il paraît que tu lui as promis de t'en charger.

Ma petite sœur a déboulé dans le couloir. Sa joie quand elle m'a vue m'a réchauffé le cœur. Elle s'est collée à moi et m'a chuchoté :

Zazie – J'avais trop peur que tu ne reviennes jamais...

Lélia – Et où voudrais-tu que j'aille sans toi ?

Zazie n'a pas répondu et je n'ai pas insisté. Depuis la mort de Maman, l'angoisse des gens qui partent un matin et qu'on ne revoit plus jamais, on connaît...

Je lui ai demandé :

Lélia – Qui veut un bain avec plein de mousse ?

Zazie – Moi !!!!

Lélia – Alors à poil, petit monstre.

Zazie – Et tu me liras une histoire après ?

Lélia – Je te lirai ce que tu veux. Sauf *Le chat qui s'en va tout seul.* J'en peux plus de cette histoire.

Zazie – Mais je l'adore !

Évidemment, après le bain, j'ai raconté pour la mille et unième fois son livre préféré à ma sœur.

Il faut avouer que ce chat qui refuse de se soumettre à la maîtresse de maison parce qu'il préfère sa liberté à un bol de lait a de quoi plaire. La nature révolutionnaire de l'animal n'a pas échappé à Pauline, ma grande sœur, quand elle nous a rejointes dans le salon. Elle a crié :

Pauline – Il a raison, ce chat ! Il vaut mieux avoir le ventre vide et être libre que de bouffer dans une prison. À bas les tyrans !

Ça, c'est du Pauline tout craché ! Toujours prête pour la révolution.

La dernière fois, elle est revenue énervée du *Louis XVI*, parce que le père de Christine qui les entendait refaire le monde depuis le début de l'après-midi leur avait hurlé : « Dites donc les jeunes, à part parler, vous faites quoi ? Vous êtes bien mignons à agiter votre langue pour critiquer la société mais, là, c'est avec l'argent de vos parents que vous vous faites servir des boissons par un type qui bosse depuis quatre heures ce matin ! »

Ce jour-là, elle n'avait rien osé répondre. Cette fois, quand ma belle-mère a balancé avec ironie :

Gisèle – Ma petite chérie, si tu avais le ventre vide, tu trouverais le chat ridicule de crever de faim pour ses idées.

... Pauline a explosé. Elle a balancé tout ce qu'elle avait sur le cœur.

Je vous fais un résumé pour vous éviter les hurlements.

<u>Les arguments de Pauline pour clouer le bec de notre belle-mère</u> :

1. Tu es née dans une famille d'industriels bourrée de fric, je ne pense pas que tu connaisses la faim.
2. Tu as fait ta crise à vingt-cinq ans en fuyant la grande demeure familiale d'Orléans et la vie friquée dont tu ne voulais plus, tu as plus ou moins fait ton école de tapissière d'ameublement mais tu n'as pas mis longtemps pour reprendre une vie de petite-bourgeoise au foyer.
3. Ta vision de la vie, c'est « mariage, enfants obéissants qui reprendront l'entreprise de Papa-Maman et enterrement ». Ça ne fait pas rêver.
4. Si tu veux prendre exemple sur une femme libre qui vivait vraiment pour l'amour de l'art et des autres, demande à Papa de te parler de Maman.
5. Tu peux te garder ton dîner. On n'achète pas ma liberté avec un poulet-purée.

Sur ce, Pauline est sortie du salon en claquant la porte. Il y a eu un silence de mort. Papa, qui avait entendu les éclats de voix, est remonté en toute hâte de la boutique. Il a demandé, inquiet :

Le père – Il se passe quoi ici ?

Pour toute réponse, ma belle-mère a éclaté en sanglots.

Papa nous a regardées, Zazie et moi, en fronçant les sourcils. Il ne manquait plus que je me fasse disputer à cause de Pauline alors que j'avais supporté la crise de ma belle-mère sans moufter.

Mon père a pris Gisèle dans les bras pour la consoler, je me suis sentie trahie. Sans rien savoir de la situation, il validait la version : « Je suis une pauvre belle-mère martyrisée par tes horribles filles. »

J'ai attrapé Zazie et on a quitté le salon.

Elle a râlé.

Zazie – Mais pourquoi on s'en va ? Je veux manger, moi ! J'ai faim…

Lélia – J'ai des Smarties dans mon cartable si tu veux.

Zazie – Et tu me donneras les Pépito qui sont dans le tiroir de ton bureau aussi ?

Lélia – T'as encore fouillé dans mes affaires ?

Zazie – Oui. T'es fâchée ?

Lélia – T'es pénible Zazie ! OK pour les biscuits, mais je ne veux plus t'entendre jusqu'à demain matin.

⋆

À 8 h 14 ce matin, j'ai entendu une voix que je connaissais très bien brailler sur le trottoir :

– Lélia !!! Lélia, c'est l'heure... Grouille !!!

J'ai embrassé Zazie ma petite sœur et j'ai dévalé l'escalier pour rejoindre Christine. Franchement, j'aurais bien dormi un peu plus longtemps. J'avais passé une mauvaise nuit après cette horrible soirée « en famille », mais une promesse est une promesse.

Chris n'a pas pris le temps de me dire bonjour. Dès qu'elle m'a vue, elle a démarré au quart de tour :

Christine – Comme prévu, on se met en terrasse. J'ai demandé à ma mère de nous garder la table la plus proche des portes du lycée. Ensuite, on filtre discrètement les élèves et on en trouve une qui sait dans quelle classe de terminale Paul est inscrit.

Lélia – Bonjour Chris.

Christine – Quoi, bonjour ?

Lélia – Ben bonjour, tu sais, le petit mot sympa qu'on se dit quand on se croise le matin.

Chris m'a regardée comme si ma remarque était complètement incongrue et elle a poursuivi :

Christine – Le but étant, je te rappelle, d'obtenir l'emploi du temps de Paul.

Lélia (*légèrement agacée*) – OK.

Christine – Dès qu'on a son emploi du temps, on pourra commencer à planifier les rencontres « par hasard ».

Les rencontres « par hasard » est un concept inventé par Christine. Il consiste à tout organiser pour se trouver au même endroit et à la même heure que la personne choisie, puis à feindre la surprise en la voyant : « Oh, toi ici, quel hasard ! Si je m'attendais à te voir... » Elle l'a déjà utilisé quand elle était amoureuse de Gilbert. Un type avec lequel il ne s'est rien passé.

Nous étions attablées depuis moins de cinq minutes quand Chris a commencé à stresser :

Christine – Je ne comprends pas. Pourquoi il n'y a personne ?

Lélia – Il est 8 h 20. Ceux qui commençaient à 8 h 05 sont déjà en cours, ceux qui commencent à 9 heures ne sont pas encore là.

Christine – On aurait dû venir à 7 h 30.

Lélia – On aurait pu aussi camper devant le lycée depuis hier soir... On aurait été sûres de ne pas le rater.

Christine – Je rêve ou tu es désagréable, toi, ce matin ?

Et, me regardant avec plus d'attention :

Christine – T'as l'air crevée. T'as encore lu jusqu'au milieu de la nuit ?

J'allais me confier un peu sur ce qui était arrivé hier chez moi, mais une fille est passée devant nous. Chris a sauté de sa chaise pour aller lui parler. Elle est revenue aussitôt :

Christine – Elle n'est pas en terminale, elle est en première.

Lélia – Alors on va attendre l'année prochaine.

Christine – Pourquoi ?

Lélia – Pour qu'elle soit en terminale.

Christine – Très drôle...

Il a fallu que Christine interroge huit élèves avant de tomber sur une fille de terminale qui allait lui donner l'info sacrée : Paul Masson était en terminale 3. Comme il était largement l'heure d'aller en cours, Chris a accepté de quitter la terrasse et de remettre à plus tard la suite de son enquête.

On avait français en première heure. Le français, c'est ma matière préférée, même si je suis déçue d'avoir encore Mme Brébant cette année. On l'avait déjà en quatrième et j'étais sûre qu'elle serait à la retraite cette année. Ses cours sont horriblement ennuyeux. Moi, mon rêve, ça serait un prof qui adore la littérature et qui nous ferait étudier de beaux romans. Au lieu de ça, j'ai une prof qui jubile quand un COD est placé avant le verbe et qu'on n'oublie pas l'accord avec l'auxiliaire avoir !

Bon, ce ne sont pas des maths, c'est déjà ça !

Après une heure passée à nous expliquer la couleur des cahiers en fonction des sous-matières, le nombre de stylos nécessaires pour corriger les exercices, l'importance d'avoir toujours dans son cartable en cuir son *Bescherelle* et son *Petit Larousse*, Mme Brébant nous a enfin lâchés. Le soleil qui brillait à travers les fenêtres était un appel à la liberté pour quinze petites minutes de récréation.

Évidemment, Christine n'a eu de cesse de chercher Paul dans la cour et c'est seulement quand elle a su qu'il était en sport au gymnase qu'elle nous a rejointes. Elle est revenue pile au moment où je racontais l'altercation de Pauline avec Gisèle. Elle s'en est immédiatement mêlée.

Christine – Et vous n'êtes pas revenues dîner ?

Lélia – Non... On est restées dans notre chambre à bâfrer nos Smarties et nos Pépito.

Christine – Et Pauline ?

Lélia – Avec nous...

Christine – Ton père n'est pas intervenu ?

J'ai soupiré tristement.

Papa était à peine passé nous voir hier soir et n'avait pas insisté lorsqu'on lui avait annoncé notre décision de rester dans notre chambre.

Lélia – J'ai l'impression que ça l'a arrangé qu'on ne vienne pas dîner. Et ce matin, il était déjà parti en livraison quand je me suis levée. D'habitude, il passe toujours pour nous embrasser avant, mais là, rien...

Christine – La sorcière a dû le monter contre vous.

Lélia – En même temps, Pauline y est allée fort !

Christine – Elle a bien fait !

Lélia – Je ne crois pas...

Chris a réagi avec force.

Christine – Comment ça, tu ne crois pas ?!? Tu ne vas pas te laisser faire par cette marâtre ! Il faut te battre, Lélia ! À partir d'aujourd'hui, au lieu de te retirer dans ta chambre comme une petite souris, il faut passer à l'attaque. Ta belle-mère doit se sentir comme une étrangère en sursis. La prochaine fois, tu lui balances : « T'es pas ma mère ! Ce n'est pas parce que tu t'es mariée avec mon père quand... »

Même si Marie a été discrète, j'ai bien vu qu'elle faisait signe à Christine de se taire. Chris, comprenant sa maladresse, a vite changé de sujet. Un sujet qui tombait comme un cheveu sur la soupe ! Elle a dit en sortant deux pièces de sa poche :

Christine – Bon, on s'en fout de la sorcière. Qui est la fille géniale qui a réussi à extorquer 1,50 franc à sa mère pour aller acheter son *MAt* ?

J'ai souri.

Depuis le printemps, Christine négocie chaque mois avec sa mère le paiement de *Mademoiselle Âge tendre*, son magazine préféré. Et je peux vous assurer que, de la première à la dernière page, chaque information est commentée durant des heures.

Franchement, je ne comprends pas ce qui l'intéresse dans cette lecture.

Qu'est-ce qu'on en a à faire, de la vie des stars ?

Moi, ça m'est parfaitement égal de savoir où Sheila part en vacances, ce que Johnny aime comme blouson et ce que Claude François va annoncer à ses fans. Et je ne parle pas des conseils beauté ou vêtements. Aucun intérêt...

Mais Christine, elle adore ! Je pense qu'elle s'imagine en robe trapèze et ballerines à Saint-Tropez, buvant un cocktail avec un garçon.

Marie – Tu as vraiment de la chance d'avoir une mère qui te donne de l'argent pour acheter ça.

Christine – Ouais, elle est sympa, même si parfois elle est un peu pénible avec ses questions sur les garçons.

Marie – Comment ça ?

Christine – Elle veut savoir où j'en suis, si tout est clair pour moi, si j'ai bien compris ce que les rapports sexuels impliquent, si je suis d'accord pour venir lui en parler le jour où je me sentirai prête... Bref, elle est pénible.

Lélia – Plains-toi d'avoir une mère à l'esprit ouvert ! Toutes les filles en rêvent.

Christine – Je me plains pas, mais j'ai compris. Pas la peine de me le répéter régulièrement. En plus, si mon père l'entendait me parler de ça, je crois qu'il l'étranglerait à mains nues ! Lui, il me dit en permanence : « Christine, les garçons ne veulent qu'une chose. Une fois qu'ils l'ont, ils disparaissent. Alors ne les crois pas quand ils te font les yeux doux. »

Lélia – Moi, je pense que mon père serait capable de comprendre si Pauline lui disait qu'elle a couché avec un garçon, mais il ne saurait pas quoi faire. Sans maman, il serait en panique, et c'est pas Gisèle qui l'aiderait.

Christine – En même temps, je ne vois pas ce que les parents viennent faire dans cette histoire. C'est notre vie. Et puis, il y a un truc qui s'appelle le Planning familial maintenant. Il paraît que les jeunes peuvent y aller.

Marie – C'est quoi ?

Christine – C'est un endroit où des femmes te donnent des conseils pour ne pas tomber enceinte. Mais bon, on n'en est pas là.

Marie (*toute rouge*) – Oh non, bien sûr… Moi, je veux juste lire *Mademoiselle Âge tendre*.

Christine – Alors on fait comme la dernière fois ! Dès que je l'ai fini, je te l'apporte. Comme ça, tu le lis, ni vu ni connu.

Marie – Merci !

Christine – Non, c'est moi qui te remercie !

Et, me regardant avec son air de peste adorable, elle a ajouté :

Christine – C'est tellement bien d'avoir une amie qui ne méprise pas ce genre de lecture !

J'ai éclaté de rire.

Lélia – Je ne méprise pas ce genre de lecture...
Christine – Si ! Madame est une intellectuelle qui préfère les grands romans !

Comme la sonnerie retentissait dans la cour, nous nous sommes dépêchées de nous mettre en rang. Nous avons attendu le « En avant, jeunes gens » prononcé par notre professeur d'histoire et nous sommes montés en silence. Je me suis dit que les profs avaient fait des progrès depuis la veille. « En avant, jeunes gens », c'est bien mieux que « En avant et en silence ! »

Chris n'a pas écouté un seul mot du cours, elle a tenté de reproduire de mémoire l'emploi du temps des terminales 3 sur lequel elle avait jeté un coup d'œil à la surveillance lycée. Je ne sais pas ce qu'elle avait raconté au pion pour qu'il lui montre le classeur des emplois du temps mais à cœur vaillant, rien d'impossible !

Paul déjeunant à la cantine à un autre service que le nôtre, le « rendez-vous par hasard » a été programmé à 16 h 05.

L'après-midi est passée façon escargot. Il faut dire que deux heures de maths sont pour moi un véritable calvaire. Je vous laisse imaginer mon soulagement lorsqu'à 16 heures M. Lefranc nous a autorisés à ranger nos affaires de géométrie et à l'attendre en rang dans le couloir.

Christine, survoltée, a fermé son cartable et s'est levée brusquement. Elle n'aurait jamais dû. Elle a été illico rappelée à l'ordre par le prof.

M. Lefranc – Mademoiselle Jolibois, puisque vous semblez si pressée de partir, vous resterez dix minutes supplémentaires au fond de la salle pour méditer cette phrase de Napoléon à son majordome : « Je suis pressé, habillez-moi lentement. »

Sur ces paroles, nous sommes sorties en silence, laissant Christine seule et totalement dépitée.

Lorsque, dix minutes plus tard, elle nous a rejointes devant le lycée, elle était verte de rage.

Christine – Paul est sorti ? Vous l'avez vu ?

Lélia – Oui... il est passé il y a plus de cinq minutes.

Chris s'est penchée pour voir si Paul ne s'était pas installé en terrasse.

Lélia – Il n'y est pas. J'ai vérifié.

Christine – Tout ça à cause de Lefranc. Non, mais c'était quoi, cette phrase à la noix : « Je suis pressé, habillez-moi lentement » ? Qu'est-ce que tu veux que je médite là-dessus ? Le type était un crétin qui ne connaissait pas la définition du mot « pressé », c'est tout...

Je n'ai pas cherché à expliquer à ma meilleure amie la dimension philosophique de la phrase. C'est justement lorsqu'on est pressé qu'il faut agir lentement. Cela permet d'éviter l'erreur qui coûterait plus de temps.

Christine – Bon, moi, je ne reste pas une minute de plus dans ce bahut de la mort ! Qui vient boire un diabolo-menthe au *Louis XVI* avec moi ?

Évidemment, Marie a décliné l'offre.

Marie – Malheureusement, pas moi... Ma mère m'attend de pied ferme à la maison. Sa cousine vient à 17 heures, et il faut que je joue à Mlle Parfaite pendant qu'elles boiront le thé.

Christine – Super programme. Et toi, Lélia ?

J'ai moi aussi refusé. Il fallait que je m'occupe un peu de Zazie. Christine a décidé de m'accompagner.

Christine – Je viens avec toi ! Je n'ai pas envie que ta belle-mère te retienne et t'oblige à faire la bouffe et le ménage.

J'ai souri.

Christine – Ne souris pas bêtement, ça pourrait t'arriver. T'as vraiment le profil de Cendrillon, la fille douce et gentille qui ne veut pas faire d'histoires, et qui va se faire méchamment avoir. Vaut mieux que je surveille tes arrières.

Ça m'a fait chaud au cœur que Chris se préoccupe un peu de moi. Je ne veux pas jouer les jalouses mais depuis la veille, la conversation ne tournait qu'autour de Paul...

4.
Les cactus

Dans leur sourire, il y a des cactus
Dans leur ventre, il y a des cactus
Dans leur bonjour, il y a des cactus
Aïe, aïe, aïe !
Ouille !
Aïe !

(Chanté par Jacques Dutronc)

***

Le lendemain matin, Jeanne m'a accueillie avec un large sourire lorsque je suis arrivée au café pour « planquer » avec Christine :

Jeanne – Alors Lélia, est-ce que toi, tu es de bonne humeur aujourd'hui ? Parce que ta copine n'a pas ouvert la bouche depuis qu'elle est réveillée.

J'ai fait non de la tête, Jeanne a éclaté de rire.

Jeanne – Ah oui, je vois… la perspective d'heures interminables d'anglais, de français et de mathématiques. Mes pauvres chéries !!! Est-ce que vous croyez qu'une tarte poire-pistache pourrait arranger vos affaires ? Il m'en reste juste deux parts d'hier. Avec deux chocolats chauds, ça vous ferait un bon petit déjeuner, non ?

La tarte poire-pistache de Jeanne étant un remède très efficace contre la mélancolie, il nous a fallu moins de cinq minutes pour vider nos assiettes et retrouver le sourire.

Christine – Tu dors chez moi ce soir ? Tu ne verrais pas ta belle-mère et on pourrait se faire une soirée lecture de *Mademoiselle Âge tendre*.

Lélia (*moqueuse*) – Je crois que je préfère encore une soirée en tête à tête avec ma belle-mère plutôt que lire ton magazine débile !

J'ai ri en voyant la tête de Chris.

Lélia – Je plaisante. Tu es la meilleure amie du monde et je rêve de lire ce magazine avec toi.

Christine (*jouant la fille vexée*) – Ne te force surtout pas, Lélia, je vais inviter Marie et, de ton côté, j'insiste pour que tu passes ta soirée avec Cruella.

Lélia – Si tu savais comme je la déteste.

Christine – J'imagine ! J'aurais envie de la tuer si j'étais toi.

Lélia – Je me demande comment mon père a pu se marier avec elle, après avoir connu une femme comme ma mère.

Christine – Il devait être totalement désespéré.

Jeanne nous a apporté deux chocolats chauds. Elle s'est méprise sur nos mines catastrophées.

Jeanne – Quoi, c'est encore le lycée qui vous met dans cet état-là ?

Christine – Non, c'est Gisèle. On se demande comment Simon a pu l'épouser après avoir vécu une si belle histoire d'amour avec Mina.

Jeanne a soupiré tristement et s'est assise près de moi sur la banquette.

Jeanne – Ta mère était une femme merveilleuse, Lélia. Elle était gentille, attentive aux autres, belle, originale, talentueuse. Tout le monde l'aimait… Tu le sais, elle était mon amie et personne ne pourra jamais la remplacer dans mon cœur. Mais elle n'est plus là et ton père doit continuer à vivre. C'est formidable qu'il ait rencontré une compagne aimante pour partager son quotidien avec ses trois filles.

Lélia (*agressive*) – On n'a pas besoin d'elle.

Jeanne m'a mis doucement la main sur l'épaule :

Jeanne – Zazie est vraiment petite, elle n'a que six ans, tu sais… Et même si, toi et Pauline, vous êtes déjà deux filles dégourdies, la présence d'une femme à la maison est une bonne chose pour vous.

Je pense que si le père de Chris n'avait pas interrompu la discussion en criant « Un pastis et un kir royal pour la 4, patronne ! On bosse ici ! », je me serais mise à pleurer.

Je sais très bien que ma mère est morte mais je déteste qu'on me le rappelle.

Jeanne m'a embrassée longuement sur le front et s'est levée pour préparer la commande de la 4.

Je suis restée un moment sans parler mais, avec Christine, la vie reprend vite ses droits. Alors que je portais mon chocolat chaud à mes lèvres, elle m'a donné un grand coup de coude pour que je regarde droit devant. Tandis que j'essuyais le chocolat que j'avais renversé, j'ai vu Paul Masson traverser la rue.

Comme il n'avait pas encore enfilé sa blouse, on a pu admirer son pantalon à pinces beige, sa chemise en lin et ses cheveux légèrement gominés. Il était beau, d'accord, mais tellement vaniteux ! Chris l'a regardé passer, la bouche ouverte.

Vous voyez la consistance d'un sorbet au citron qu'on aurait laissé sur une table en plein soleil, à midi, un jour de canicule ? Eh bien, ce n'est rien à côté de l'état de liquéfaction de ma meilleure amie après le passage de Paul.

Définition du mot Liquéfaction pour mieux comprendre ma comparaison avec le sorbet citron : « Passage d'un corps à l'état liquide. »

J'ai craint un moment que Chris ne retrouve jamais sa forme initiale, qu'elle reste à tout jamais une sorte de flaque. Mais non, après quelques secondes, elle s'est levée comme une furie et a filé pour rattraper son bellâtre. Enfin, plus exactement pour arriver devant les grilles du lycée en même temps que lui et lui jouer « la rencontre par hasard » : « Oh, bonjour Paul, tu commences à 8 heures ? Moi aussi le mercredi, je commence à 8 heures. Ça va, tu te plais ici ? Je voulais te remercier pour hier. Tu as été super courageux de t'interposer entre Heltz et moi. »

En réalité, les choses ne se sont pas du tout passées ainsi...

À peine, Christine avait-elle bondi pour atteindre les grilles qu'elle a aperçu Paul faisant signe à une fille sur le trottoir. Et quand je vous dis « une fille », pas n'importe quelle fille... La reine de beauté de notre lycée.

Grande, blonde, poitrine de rêve, un visage triangulaire de chat avec des yeux marron immenses, un joli nez retroussé surmontant des lèvres pulpeuses. Il paraît qu'elle a déjà couché avec un garçon... Quand elle passe dans les couloirs, les têtes se tournent sur son passage. Je ne connais pas son nom, mais tout le monde l'appelle Brigitte Bardot parce qu'elle ressemble à l'actrice.

Chris a stoppé net sa course lorsqu'elle a vu Paul s'avancer pour embrasser sa désormais rivale. D'accord, il l'avait embrassée sur les joues, mais pour des gens qui ne se connaissaient que depuis la veille, ça respirait la complicité. Sans se soucier de ce qui se passait autour d'eux, ils sont entrés dans le lycée en se souriant.

Ma meilleure amie est restée plantée sur le trottoir. J'ai attrapé nos deux cartables de cuir et je l'ai rejointe. Elle m'a murmuré :

Christine – La guerre est déclarée...

J'ai souri.

Chris me surprendra toujours. À sa place, je pense que je me serais effondrée et que j'aurais renoncé à tout jamais à ce garçon. Peut-être même à tous les garçons. Mais pas elle : elle est entrée dans la cour la tête haute, suivie par sa porteuse de cartable.

En réalité la guerre n'a pas eu besoin d'être déclarée. En tout cas, pas avec Brigitte Bardot. Alors que Chris observait en coin sa rivale, Marie est arrivée tout sourire. Elle nous a dit d'un air complice :

Marie – Vous voulez un scoop à propos de Paul Masson et de Brigitte Bardot ?

J'ai été surprise par l'indélicatesse de Marie. Elle savait le coup de foudre de Chris pour Paul, je ne comprenais pas pourquoi elle venait lui mettre sous le nez la relation naissante des deux amoureux.

Lélia – Oui, on sait... Merci.

Marie – Qui vous l'a dit ?

Christine a montré du doigt Paul riant aux éclats avec la grande blonde.

Christine – Pas besoin d'explication, ça se voit, non ?

Marie a regardé le couple, a froncé les sourcils puis elle a éclaté de rire. Elle a cherché à nous dire quelque chose mais nos mines dépitées l'ont davantage fait rire. On nous avait changé notre Marie ou quoi ?

Quand elle a eu repris son souffle, elle a réussi à prononcer :

Marie – Paul est le cousin de Brigitte Bardot. Leurs mères sont sœurs.

C'était donc ça, le secret de leur complicité. J'ai balancé à Chris :

Lélia – Plus besoin de sortir l'artillerie lourde pour dégommer la blonde.

Elle m'a souri et, avec son adorable air de peste, elle m'a répondu :

Christine – Celle-là, non. Mais il y en aura d'autres ! Je saurai m'en occuper !

Je n'ai pas douté un instant que rien ni personne n'arriverait à vaincre la volonté de Chris. Pauvre Paul, il n'avait pas fini d'être traqué dans les couloirs ni de subir les rendez-vous par hasard.

5.
L'heure de la sortie

L'heure de la sortie-ie
Tout au long de l'année
L'heure de la sortie
C'est le meilleur moment de la journée

(Chanté par Sheila)

***

Jeudi a fini par arriver. La journée sans lycée ! J'adore cette journée de liberté. Je l'attends toujours avec impatience. Elle est comme un pont tendu entre deux week-ends. L'espace nécessaire pour reprendre son souffle.

Avec Christine, nous avons le même rituel depuis le CP. Respectant à la lettre la théorie de ma mère – *théorie dite du pain et du chocolat* – on se débarrasse de tous les devoirs le mercredi soir.

<u>Théorie du pain et du chocolat :</u> Quand on donne du pain et du chocolat, il y a deux sortes d'individus : ceux qui se régalent avec le chocolat tout de suite et se retrouvent avec tout le pain pour la fin. Et puis il y a ceux qui mangent d'abord le pain et gardent le meilleur pour après.

Conseil : débarrasse-toi au plus vite de ce qui ne te plaît pas, de manière à pouvoir profiter de ce que tu aimes vraiment.

Une fois les devoirs faits, soit on reste dormir l'une chez l'autre, soit on se donne rendez-vous le lendemain matin pour un petit déjeuner. Évidemment, la pauvre Marie ne fait jamais partie du programme. Elle en rêve pourtant ! Et nous aussi...

Le jeudi, pour elle, c'est catéchisme, déjeuner à la paroisse avec de vieilles bénévoles, danse classique et, après, elle accompagne sa mère chez le coiffeur. Pour elle, c'est la pire journée de la semaine car sa mère ne la lâche pas d'une semelle pour s'assurer que sa fille chérie se comporte « bien » !

Pour en revenir au petit déjeuner du jeudi, on le prend toujours au *Louis XVI*. C'est notre petit moment à nous avec chocolat chaud, pain beurré et œuf à la coque. En général, Chris descend son transistor et me fait écouter les chanteurs qu'elle aime : Sheila, Claude François, France Gall, Sylvie Vartan, Dalida... J'en passe et des pires ! Je ne sais pas comment elle fait pour aimer ça. Les paroles des chansons sont débiles et la musique, presque toujours la même.

Mais elle, elle ne peut pas s'empêcher de chanter et de danser sur sa chaise. Son père râle parce qu'elle fait trop de bruit, mais je sais bien qu'il est heureux de voir sa fille si joyeuse.

Donc ce jeudi, comme tous les jeudis, nous avons petit-déjeuné en musique. Quand on a eu terminé, j'ai demandé :

Lélia – Bon, on fait quoi maintenant, on va chez toi ou chez moi ?

Christine – Comme tu veux...

Lélia – Alors chez toi. J'ai pas trop envie de voir ma belle-mère.

Christine – Parfait !

Comme on s'apprêtait à monter, Christine m'a demandé :

Christine – Et on laisse Zazie toute seule avec l'autre ? On ne la prend pas avec nous ?

J'ai eu du mal à déglutir. L'idée de passer mon jeudi à la maison avec ma belle-mère m'était insupportable, mais l'idée de lui laisser Zazie en otage me faisait culpabiliser à mort.

Si je pouvais la garder avec moi sans renoncer à mon jeudi de liberté avec Christine, ça serait le rêve !

Lélia – Tu es sûre que ça ne t'embête pas ?

Christine – M'embêter ? Mais t'es dingue ou quoi ? Zazie, c'est la petite sœur que je n'ai pas ! Je te le répète assez souvent, non ?!? Allez, on va la chercher.

J'ai regardé ma meilleure amie avec gratitude. Pudique, elle s'est sentie obligée de jouer les dures.

Christine – Arrête de me regarder comme ça, Lélia, t'as vraiment pas l'air finaude. Dépêche-toi, on va chercher Zazie.

Ma belle-mère n'a fait aucune difficulté quand je lui ai proposé de prendre ma sœur avec nous. Elle a juste voulu savoir si on comptait déjeuner là. Comme je bafouillais, Christine a dit :

Christine – Merci Gisèle, mais te fatigue pas ! Maman a déjà prévu le repas pour nous : carottes râpées, croque-monsieur, poire Belle-Hélène, Fanta orange.

Évidemment, Zazie a applaudi des deux mains. Ça tombait bien, c'était son repas préféré. Ma belle-mère a donné son accord et, deux secondes plus tard, nous sommes reparties avec ma petite sœur sous le bras.

Alors que nous étions dans la rue, ma meilleure amie m'a chuchoté :

Christine – J'espère que ma mère a tout ce qu'il faut pour le menu en question, sinon Zazie va criser.

Lélia – Pourquoi ? Ce n'était pas le repas prévu ? T'as menti à Gisèle ?

Christine – Je n'ai pas menti. Disons que j'ai anticipé pour être certaine que Zazie nous suive !

J'ai éclaté de rire. Cette fille a vraiment une capacité à baratiner hors norme.

Comme on cherchait quoi faire, j'ai proposé que chacune choisisse une activité. À nous trois, ça ferait une journée originale et bien remplie.

Zazie – Moi, je veux aller voir les sarcophages au Louvre.

Lélia – Encore ?

Zazie – Oui, j'adore...

Lélia – Tu adores mais, après, tu fais des cauchemars avec des monstres en bandelettes qui cherchent à t'enfermer dans des boîtes !

Christine a défendu le choix de ma petite sœur.

Christine – Si ça lui plaît de se faire peur, elle a bien le droit !

Lélia – Tu dis ça parce que tu ne dors pas dans la même chambre qu'elle.

Christine – Je dis ça parce que tu as proposé de choisir une activité qui nous fait vraiment plaisir. Et c'est le cas ! En ce qui me concerne, je veux aller au Printemps Nation. Je veux essayer le nouveau mascara qui fait un regard de biche. Avec ça, je suis sûre que Paul sera à mes pieds...

Lélia – Et tu en feras quoi après ?

Christine – Quoi ? Du mascara ?

Lélia – Non... De Paul à tes pieds ?

Chris a dû s'imaginer un instant avec Paul en amoureux transi parce qu'elle a souri avec ravissement. Puis, croisant mon regard moqueur, elle a répondu :

Christine – T'es pas drôle.

Lélia – Mais toi si !!! Allez, on va à pied jusqu'au Printemps chercher le mascara-piégeur-de-Paul et ensuite on prend le métro direction le Louvre.

Ma meilleure amie m'a souri.

Christine – Tu n'as pas oublié quelque chose ?

Lélia – Quoi ?

Christine – Choisir ton activité à toi !

Lélia – Ah oui, c'est vrai... Je propose qu'après les sarcophages, on aille se promener dans le jardin du Palais-Royal. C'est juste en face du Louvre !

Christine – Et se promener dans un jardin, c'est un truc qui fait plaisir, ça ?

Lélia – Ben oui ! Comme ça, je te montrerai où habitait Colette, une super écrivaine.

Christine – Oh non, encore un truc pourri avec tes bouquins. J'aurais tellement aimé que tu me dises : « Je veux aller là-bas parce que j'ai peut-être une chance de rencontrer un garçon beau et musclé. »

Lélia – Je me moque totalement qu'un garçon soit beau et musclé. On peut aimer un garçon maigrichon et laid.

Chris m'a regardée, désespérée.

Christine – Il faut que tu arrêtes de lire des romans. C'est en train de te détruire le cerveau.

J'ai éclaté de rire.

Lélia – OK ! Je me mets à *Mademoiselle Âge tendre* dès ce soir !

Christine – Enfin une parole rassurante...

Après notre déjeuner au *Louis XVI*, on a filé.

Malgré la chaleur de ce mois de septembre, nous avons marché comme prévu jusqu'au Printemps. Chris a passé un temps infini à regarder le maquillage. Zazie ne l'a pas lâchée d'une semelle, lui demandant à quoi servaient les fards à paupières, les fonds de teint ou je ne sais quoi.

C'est assez impressionnant toute cette peinture que les femmes utilisent pour ressembler à quelqu'un d'autre qu'à elles-mêmes. Parce que soyons réalistes, au vu de ce qui se vend dans les parfumeries, il ne s'agit pas juste d'avoir une version améliorée de soi avec des cils un peu plus longs ou des joues un peu plus roses. Non, c'est carrément un maquillage de clown avec du vert émeraude, du rose fuchsia ou du violet.

Je me suis bien gardée de livrer ma vision du maquillage. Christine aurait tenté de me convaincre de la nécessité de tout ce folklore, produits en main !

Dans un autre genre, la visite au département Antiquités égyptiennes du Louvre a aussi été très joyeuse.

Zazie a marché un bon moment comme si elle était entourée de bandelettes. Ensuite, persuadée de duper des visiteurs, elle a fait semblant de traduire des hiéroglyphes. Lorsqu'à la fin de sa « lecture », des gens bienveillants l'ont applaudie, elle m'a fait un clin d'œil, genre « T'as vu, ils m'ont crue ! ». Trop mignonne...

Comme Jeanne nous avait mis trois grosses parts de pain perdu dans du papier alu, nous sommes allées le manger dans le jardin du Palais-Royal. Et pas n'importe où dans le jardin ! Juste sous les fenêtres de la grande écrivaine Colette.

J'ai raconté à Chris comment cette jeune femme qui était arrivée de sa province coiffée de ses deux nattes avait écrit les *Claudine*, une série qui avait passionné la France entière au tournant du siècle.

Christine – Ça parle de quoi ?

Lélia – Dans le premier tome, c'est l'histoire de Claudine, une fille de quinze ans qui vit à

Saint-Sauveur, un petit village en Bourgogne. Elle raconte ce qui se passe dans son village : les histoires d'amour interdites, les petits secrets...

Christine – Et dans le tome suivant ?

Lélia – On la voit arriver à Paris, découvrir la capitale et faire la connaissance d'un certain Renaud. Et là, c'est le grand amour !

Christine – En fait, ta Colette a raconté sa vie à elle, non ?

Lélia – Elle s'en est inspirée. Mais tu sais ce qui lui est arrivé ?

Christine – Non...

J'ai croqué dans mon pain perdu, histoire de ménager le suspense. Chris n'a pas supporté l'attente.

Christine – Quoi ? Qu'est-ce qui lui est arrivé à ta Colette ? Elle est rentrée au couvent comme ta princesse folle ?

Lélia – Quand Willy, son mari, a déposé le manuscrit du premier roman de sa femme chez l'éditeur, il a écrit son nom à lui dessus.

Christine – Hein ? Tu veux dire qu'il s'est fait passer pour l'auteur ?

Lélia – Exactement.

Christine – Mais quel sale type ! Elle est allée le dénoncer, j'espère ?

Lélia – Pas si simple ! Elle était totalement inconnue, lui était un journaliste qui fréquentait des gens célèbres. Le premier tome est paru sous le nom de Willy.

Christine – C'est vraiment dégueulasse.

J'ai rassuré ma meilleure amie.

Lélia – T'inquiète... On ne truande pas une femme comme Colette. Elle a coupé ses deux longues nattes, perdu sa naïveté de gentille fille qui monte à Paris, puis elle a montré à son mari de quoi elle était capable. Elle a écrit la suite et a rompu !

Christine a écouté avec attention la fin heureuse de l'histoire de Colette puis, après quelques secondes de silence, elle a conclu :

Christine – En fait, tu collectionnes les histoires de sales types qui maltraitent les femmes...

Lélia – Non ! J'aime les histoires dans lesquelles les femmes refusent d'être des victimes et se battent pour leur liberté.

Christine (*ironique*) – Tout à fait toi avec ta belle-mère !!!

Je n'ai rien répondu.

Je n'avais pas envie d'expliquer à Chris que je n'ai pas peur de Gisèle mais que je ne veux pas vivre en état de guerre. Je ne me vois pas lui balancer des horreurs comme ma sœur Pauline. Je préfère rester silencieuse. Le silence peut être une arme très efficace.

Il était plus de 17 h 30 lorsque nous sommes arrivées, épuisées, rue des Maraîchers. J'ai embrassé Chris et on a filé.

Papa était en train de préparer une commande de papeterie lorsque nous sommes entrées à *La Caravelle*. Il nous a souri mais j'ai eu la sensation qu'il était triste.

Nous sommes montées à l'appartement. Je redoutais le moment où Gisèle allait surgir et nous reprocher de ne pas lui avoir donné signe de vie après le déjeuner. Je savais qu'il me faudrait lui présenter des excuses et la jouer profil bas pour apaiser les choses.

Peu m'importait. Tous les combats ne sont pas à mener.

Contre toute attente, elle ne nous a rien dit. Elle est restée sur le canapé à lire son roman. C'était la première fois que je la voyais un livre à la main. J'ai bien compris qu'elle feignait l'indifférence à notre égard.

Zazie, qui est trop petite pour comprendre les manigances des adultes, s'est précipitée vers elle.

Zazie – Coucou Gisèle !!! C'était génial les sarcophages égyptiens et puis aussi le maquillage. Chris m'a promis qu'elle me mettrait du truc sur les cils quand elle en aurait un.

Gisèle a levé lentement les yeux de son ouvrage. Son sourcil droit remonté a signifié clairement que ce bavardage l'importunait.

Zazie, tout à sa joie, a continué :

Zazie – Et tu sais, les gens, ils ont vraiment cru que je savais lire les lierrogriffes !

La belle-mère (*avec un air condescendant*) – On dit les hiéroglyphes, pas les lierrogriffes.

Zazie a tenté docilement de bien prononcer le mot.

Zazie – Les hiérogiffles…

Gisèle a pris un air agacé.

La belle-mère – HIÉ-RO-GLY-PHES, tu écoutes ou pas ?

Devant un tel mépris pour ma sœur, j'ai senti une énorme colère monter en moi.

Jamais Maman n'aurait repris Zazie de cette manière si elle avait mal prononcé un mot. Au contraire, elle le lui aurait fait répéter pour l'inscrire dans le carnet des mots-trésors. Ma mère adorait nos petits mots d'enfants. Elle disait toujours : « C'est de la poésie pure ! Quel dommage que la plupart des adultes ne sachent pas inventer des mots pareils. »

Elle sortait alors son carnet et notait le nouveau mot, la date du jour et le nom de sa créatrice. Si bien qu'on n'avait jamais peur de se tromper et que, même, on osait inventer.

Je me souviens d'un jour, je devais avoir 7 ou 8 ans, j'avais raconté à table qu'une fille de ma classe vivait avec sa mère qui pleurait tous les jours en pensant à son mari. Maman m'avait demandé avec délicatesse :

Maman – Et où est le papa de ton amie ?

Lélia – Il est parti et il vit dans une autre maison. Et tu sais pourquoi ?

Maman – Non…

Lélia – Parce qu'il s'est désamoureusé de sa femme.

Maman m'avait souri et s'était levée immédiatement pour aller chercher son carnet des mots-trésors.

Maman – « Désamoureusé », mais quel mot magnifique, ma chérie ! Je te remercie pour ce cadeau. Désormais je l'utiliserai pour parler des êtres qui cessent de s'aimer.

Si Zazie avait prononcé « lierrogriffes » devant ma mère, je suis sûre qu'elle l'aurait félicitée pour sa créativité. Mais là, avec Gisèle, elle n'a eu droit qu'à des cris et à un regard méprisant.

Pour éviter tout dérapage (j'avais envie de faire avaler un dictionnaire à notre marâtre), j'ai décidé d'aller dans ma chambre. Je n'avais pas fait trois pas que Gisèle m'a dit :

Gisèle (*avec ironie*) – Sois gentille, Lélia : avant d'aller te reposer après cette longue journée de congé, va donc mettre la table.

Au cas où quelqu'un n'aurait pas saisi la perfidie de la remarque, je vous traduis : « Puisque tu t'es amusée toute la journée et que tu avais l'intention de continuer, fais ce que je te demande. Maintenant, c'est moi qui donne les ordres. » J'ai dégluti avec difficulté comme si l'envie de lui répondre restait coincée dans ma gorge. J'ai pensé à une phrase citée par le prof d'histoire : « Si tu veux la paix, prépare la guerre » et, pour la première fois, je me suis demandé si ce n'était pas la solution.

Pauline a déboulé à cet instant dans le salon, interrompant sans le vouloir mes réflexions sur l'art de la guerre. Elle avait l'air joyeuse, ce qui contrastait singulièrement avec l'ambiance générale.

Pauline – Hello les filles !

Zazie – Coucou Pauline !

Pauline – C'était bien, votre journée ? Il paraît que vous êtes dehors depuis ce matin.

Zazie – Oui ! On a vu du maquillage et des sarcophages.

Pauline a éclaté de rire.

Pauline – Au même endroit ?

Zazie – Naaaan...

Alors que Zazie lui racontait notre journée au grand complet, je suis allée dans la cuisine chercher la nappe et les serviettes.

Comme je revenais, Pauline m'a interpellée :

Pauline – Lélia, tu peux venir deux secondes dans ma chambre ? Il faut absolument que tu m'aides à faire un truc.

Lélia – D'accord mais là, je dois...

Pauline (*faisant un clin d'œil discret*) – Non, tout de suite, s'il te plaît... C'est très important.

Pourquoi ce clin d'œil ? Qu'y avait-il de si urgent ? J'ai suivi Pauline.

À peine étions-nous arrivées dans sa chambre que ma sœur m'a fait signe de fermer doucement la porte derrière moi. Elle a pris l'air de la fille qui prépare un coup d'État.

Pauline – T'as vu Papa ?

Lélia – Oui, quand je suis montée.

Pauline – Il t'a parlé ?

Lélia – Non, il était avec une cliente. Pourquoi ? Il y a un problème ?

Pauline – Oui ! Un gros problème qui s'appelle Gisèle. Je préfère te prévenir, il y a une réunion générale prévue ce soir durant le repas. Papa et l'autre ont l'intention de nous parler.

Lélia – Ils veulent nous perdre dans la forêt ?

Pauline a souri.

Pauline – Si seulement c'était vrai.

J'ai demandé, inquiète :

Lélia – Alors quoi ?

Pauline – Je ne sais pas. En tout cas, j'ai entendu Gisèle parler au téléphone tout à l'heure, et elle avait l'air super remontée contre nous.

Lélia – Elle parlait à qui ?

Pauline – À une amie, je crois. Elle lui racontait à quel point on était odieuses, qu'on ne perdait rien pour attendre et que, dès ce soir, il y aurait une grosse mise au point familiale.

J'ai senti mon cœur s'emballer. Ce que je redoutais allait arriver. Pauline m'a dit d'un air amusé :

Pauline – Fais pas cette tête, Lélia, on s'en moque. Je t'ai juste prévenue pour que tu ne sois pas surprise. Ne stresse pas.

Lélia – Ben si, je stresse ! Ça va être la guerre à la maison.

Pauline – Mais non, Gisèle fait juste une petite crise d'autorité ! Je vais la calmer vite fait.

Lélia – Comme tu l'as calmée hier soir ?

Pauline – Quoi ? Je ne l'ai pas calmée hier soir ?

Euh non ! Il était clair que la longue tirade de Pauline avait excité Gisèle au plus haut point. Ma sœur m'a regardée, contrariée.

Pauline – Mais t'es de son côté ou du mien ?

Lélia – Du tien, bien sûr...

Pauline – Alors fais-moi confiance ! Je serai très diplomate.

Pauline diplomate, quelle blague !

Je suis retournée mettre la table. Le décompte avait commencé. Il restait une heure trente avant l'explosion familiale. Une heure trente pour lire dans ma chambre et vivre une autre vie que la mienne.

6.
Avant la bagarre

Avant la bagarre, réfléchis bien
Je te préviens
Avant la bagarre, réfléchis bien (...)
Reste assis
Non, n'y va pas.

(Chanté par France Gall)

***

À 19 heures, j'ai entendu, comme tous les soirs, Papa descendre le rideau métallique de la vitrine. Il a ensuite éteint les spots du magasin puis le panneau lumineux de *La Caravelle*. Si, plus tard, je dois garder un seul souvenir de mon enfance, ce sera ce panneau lumineux figurant une caravelle, ce grand navire à voiles conçu pour les voyages d'exploration.

Ce bateau qui se reflète avec le nom du magasin sur les vitres de ma chambre sera pour toujours mon embarcation vers les rêves.

Les soirs de cafard, je navigue sur les vagues de son L majuscule ou je m'envole sur les ailes géantes des deux albatros. Je sens l'air qui enfle ma narine et le goût du sel est partout sur ma peau. Je ne raconte à personne ces voyages, je n'ai pas envie qu'on me traite de folle !

Mais là, ce soir, au moment où Papa a monté d'un pas lourd l'escalier qui conduit à l'appartement, je n'ai pas réussi à embarquer à bord de la caravelle. Je suis restée à terre avec le cœur qui battait comme un fou.

Zazie, qui n'avait rien saisi de la situation et jouait tranquillement dans le salon, a hurlé de joie quand elle a vu mon père :

Zazie – Papounet ! Papounet ! Papounet !

Je suis restée un long moment, assise sur mon lit, avant de les rejoindre.

Lélia – Salut Papa !
Le père – Bonsoir ma fille, tu as passé une bonne journée ?

Zazie ne m'a pas laissé le temps de répondre. Elle a raconté sans respirer le mascara, les sarcophages, les « lierrogriffes » et le pain perdu.

Mon père, qui s'était assis près de Gisèle sur le canapé, a éclaté de rire :

Le père – Les lierrogriffes !!! Quel mot magnifique...

Gisèle (*très durement*) – Tu devrais la corriger quand elle prononce mal un mot au lieu de rire ! Sinon, elle ne parlera jamais correctement.

Papa n'a rien répondu, mais j'ai vu l'angoisse dans son regard. C'est ce moment qu'a choisi Pauline pour faire son entrée.

Pauline – Salut Papa !

Le père – Bonsoir, chérie. Ça va ?

Pauline – Ouais ! Je suis en train de préparer des tracts à coller au lycée.

Le père – Des tracts ?

Pauline – Oui !!! On veut la suppression de la blouse à Hélène-Boucher.

Hélène-Boucher, c'est le lycée qui est à côté de Maurice-Ravel. Ils sont juste séparés par l'étroite rue des Maraîchers. Pendant longtemps, c'était le même établissement. Et puis, il y a quelques années, ils ont nommé deux directeurs différents. Désormais, ce sont deux lycées indépendants et les élèves y sont affectés de façon aléatoire. Quand je suis entrée en sixième, j'étais triste de ne pas être dans le même établissement que ma sœur. Aujourd'hui, vu le bazar qu'elle met là-bas, je suis bien contente d'être à Maurice-Ravel.

Pauline – Sur le premier tract, on va écrire : « Non à l'uniformisation des élèves ! Oui à l'affirmation des individus. »

Le père – Parce que tu penses que, sans blouse, tu seras davantage un individu ?

Une longue discussion s'est engagée entre Papa et Pauline. Ils adorent opposer leurs idées, ces deux-là !

Mon père a soutenu que la blouse est un principe d'égalité qui permet de gommer les différences sociales : pas de différences entre ceux qui portent des vêtements coûteux et ceux qui n'en ont pas les moyens. Ma sœur, quant à elle, a affirmé que la blouse est un instrument de pouvoir : gommer les personnalités afin de transformer les individus en moutons.

Lorsqu'on s'est mis à table, la discussion sur la blouse était toujours d'actualité. Au moment du dessert aussi. Elle s'est juste terminée lorsqu'on a eu fini de débarrasser la table et qu'il a été l'heure d'aller se coucher.

⋆

Christine – La grosse mise au point familiale n'a pas eu lieu alors ?

Lélia – Non.

Je venais de résumer la soirée à mon amie alors qu'on entrait au lycée et elle n'a pas caché sa surprise.

Christine – Incroyable. Tu crois que Pauline a mal interprété les propos de Gisèle au téléphone ?

Lélia – Pas du tout ! À voir la tête de ma belle-mère, je suis certaine que quelque chose était prévu mais que mon père a renoncé au dernier moment.

Christine – Pourquoi ?

Lélia – Je ne sais pas. En tous les cas, je peux te dire que ce matin, c'était glacial entre eux ! Remarque, ça allait bien avec le décor…

Christine – Deux glaçons dans une boîte de Lego !!!

J'ai souri.

Lélia – Exactement !

Ma belle-mère, en plus d'avoir un horrible caractère, a un goût étrange pour la déco. Elle rêve de créer ses propres modèles. En attendant, elle a acheté de nouveaux meubles à la « pointe de la mode ». Résultats : elle a réussi à allier laideur et inconfort. Le canapé rouge écarlate est en Skaï, une sorte de plastique qui te gèle les fesses quand il fait froid et te colle aux cuisses quand il fait chaud. Comme si ce n'était pas suffisant, elle a aussi acheté des fauteuils rectangulaires bleu canard dans la même matière. Au centre du salon, elle a opté pour une table basse avec des pieds fins en métal (si tu te cognes le petit doigt de pied, t'es mort) portant un plateau en mosaïque avec des taches bleues et rouges. C'est inspiré d'un peintre qui s'appelle Miró. Zazie pense plutôt que c'est « un enfant de maternelle qui a renversé de la peinture sur la table et qui ne l'a pas dit à son papa ». Ma petite sœur adore le tout, elle dit que la maison ressemble maintenant à une boîte de Lego. Et je dois dire que la comparaison me semble très juste. Même si pour moi, ce n'est pas un compliment.

Christine – Bah, on n'a plus qu'à croiser les doigts pour que ton père ne l'aime plus et que Gisèle disparaisse de vos vies.
Lélia – Si c'était le cas, je voudrais que ça se fasse en douceur et que Papa n'ait pas de peine.

Christine a dit très sérieusement :

Christine – On ne fait pas d'omelette sans casser des œufs.

Puis elle a ajouté avec son air de pestouille :

Christine – Et dans le cas de Gisèle, je suis prête à braquer un poulailler pour t'aider !!!

J'ai éclaté de rire.

Lélia – Maxi omelette...
Christine – Gisèle mérite ce qu'il y a de mieux !
Lélia – Toi, tu es vraiment...

J'ai stoppé net ma phrase.

Stella venait vers nous. Cette fille est un vrai serpent. Elle a l'art de vous faire parler. Sur le moment, elle a l'air de s'intéresser à votre personne et d'être votre amie. Alors vous vous confiez sans vous méfier. Erreur !!! Après, elle se fait un plaisir de diffuser vos informations personnelles à tout le lycée. Un genre radio langue de vipère.

Stella – Salut les filles ! On vous entend rire à l'autre bout de la cour. Qu'est-ce qui vous fait marrer comme ça ?
Christine – Lélia a un problème avec...

J'ai interrompu Christine avant qu'elle ne parle de l'omelette familiale.

Lélia – On se racontait pour la cent cinquantième fois le moment où mademoiselle Heltz s'est jetée sur Chris le jour de la rentrée.

Stella m'a regardée d'un air narquois qui signifiait : «Tu viens de me baratiner et je le sais mais ça m'est égal. Je finirai par savoir ce que tu cherches à cacher.» Puis, se tournant vers Chris, elle lui a dit avec un enthousiasme forcé :

Stella – Waouh ! Tes yeux sont d'une couleur incroyable quand tu es dans le soleil, une merveille !

Christine – Merci, c'est gentil.

Vous venez d'assister en direct à une petite manœuvre de Stella : *faire des compliments, à la façon de maître Renard parlant à maître Corbeau sur un arbre perché !*

Stella – Tu devrais mettre un trait d'eye-liner le long de tes cils, ça te ferait des yeux d'enfer.

Deuxième manœuvre *: parler à l'autre de ce qui l'intéresse de manière à ce qu'il se sente en confiance.*

Christine – Oui, je le fais quand j'ai pas cours, mais au lycée, je peux pas.

Stella – Tu t'inquiètes trop. Si tu dessines un trait très fin à la base des cils, personne n'y verra rien. Enfin à part celui qui t'a regardée de près l'autre jour...

Troisième manœuvre : *amener LE sujet qui l'intéresse sans le nommer vraiment, de manière que ce soit l'autre qui fasse tout le boulot.*

Chris a évidemment mordu à l'hameçon.

Christine – Tu veux parler de Paul ?

Stella – De celui dont tout le monde parle au lycée mais dont on ne sait pas grand-chose.

Christine – À part qu'il est le cousin de Brigitte Bardot !

Stella – Oui. Et qu'il t'a sauvée le jour de la rentrée. Il avait l'air d'avoir de bonnes raisons de le faire. En même temps, je le comprends !

Quatrième manœuvre : *poser la question pour laquelle on est venu mais sous la forme d'une phrase déclarative. On ne dit pas : « Pour quelles raisons Paul a-t-il pris le risque de te défendre face à Heltz ? Vous connaissez-vous ? Quelle est votre relation ? » mais : « Il avait l'air d'avoir de bonnes raisons de le faire. »*

Christine (*rouge de plaisir*) – Je ne le connaissais pas, tu sais. Je l'avais juste vu cinq minutes avant, à la terrasse du *Louis XVI*. Je ne sais pas pourquoi il m'a défendue comme ça.

Et voilà, Stella avait parfaitement posé son piège à corbeau et elle nous a donc quittées après avoir récupéré le camembert. Enfin, les infos désirées…

Je suis restée silencieuse un long moment.

Christine – Qu'est-ce que t'as, Lélia ?
Lélia – Rien.
Christine – Tu penses encore à Gisèle ?
Lélia – Non, pas du tout...

Ma meilleure amie m'a regardée en souriant.

Christine – Nan ?!? T'es jalouse parce que j'ai parlé à Stella ?
Lélia – N'importe quoi !
Christine– Alors pourquoi tu fais ta silencieuse ? Je te connais, tu sais ! Quand tu ne parles pas, c'est que tu as beaucoup à dire !
Lélia – Ah bon ?
Christine – Oui ! Moi, je suis peut-être une bavarde mais, au moins, je dis ce que j'ai sur le cœur ! Alors que toi, quand t'es énervée, tu fais l'huître !

Comme je ne commentais pas sa comparaison avec le mollusque marin, Chris a continué :

Christine – Allez vas-y ! Crache le morceau !
Lélia – Ça ne sert à rien.
Christine – Comment ça ?
Lélia – Je doute que tu sois d'accord avec moi.
Christine – C'est possible, mais si tu ne le dis pas, on ne le saura jamais. Alors, explique.

J'ai attendu un petit moment pour prononcer :

Lélia – Je trouve que Stella est...

Chris ne m'a pas laissée finir ma phrase.

Christine – Ah j'en étais sûre...
Lélia – De quoi ?
Christine – T'es jalouse quand je parle à Stella.

Voilà pourquoi je n'aime pas m'expliquer. Chacun n'entend que ce qu'il veut bien entendre.

Comme la sonnerie retentissait, nous nous sommes rangées avec les autres élèves devant le grand escalier. Nous n'avions pas monté trois marches que Chris m'a chuchoté avec amour :

Christine – Tu n'as pas à t'inquiéter, Marie et toi, vous êtes mes seules meilleures amies.
Lélia (*ironique*) – Me voilà rassurée.

Marie, justement, est arrivée alors que nous étions déjà assis et en silence dans la classe. Elle était rouge et essoufflée. Mme Laffont, la prof de physique, ne lui a fait aucune remarque sur son retard et lui a montré du doigt la place au premier rang juste devant son bureau.

Le cours a commencé. Quand je dis « commencé », c'est une erreur ! Je devrais plutôt dire : « Le cours a continué. » Contrairement aux autres profs qui, en début d'année, passent un temps fou à vous parler des fournitures et vous font remplir des fiches avec des questions personnelles, Mme Laffont avait démarré dès mercredi son cours sur la structure de l'atome.

Après nous avoir souhaité rapidement la bienvenue, elle avait commencé à nous raconter le noyau atomique avec ses protons et ses neutrons. Elle n'avait pas fait l'appel, elle ne nous avait pas dit à quelle page ouvrir le livre. Elle nous avait juste demandé d'imaginer ce qu'elle décrivait.

Comme au dernier cours, le copain d'Erwan avait levé la main. C'est comme ça qu'on avait appris qu'il s'appelait Benjamin. La prof, ravie, l'avait invité à poser sa question. En fait, ce n'était pas une question, c'était plutôt un complément d'informations. Même s'il était rouge ketchup et qu'il avait bégayé au départ, Benjamin avait été impressionnant. Ce garçon est un Einstein des temps modernes. Mme Laffont l'avait félicité pour ses connaissances et sa clarté. Décidément, les deux spécimens mâles de notre classe assuraient vraiment.

La prof avait continué son cours et elle nous avait tous embarqués avec elle dans son nuage d'électrons. Ça m'avait intéressée. Et je n'étais pas la seule. Lorsque la cloche avait sonné après les deux heures de cours, personne n'avait bougé. Mme Laffont était sortie de la salle la première, sans nous obliger à nous mettre en rang deux par deux pour descendre en récréation.

Lélia – J'ai adoré ce cours !

Christine – Fais gaffe, tu vas finir par aimer la physique.

Lélia – C'est parce qu'avec cette prof, ça ressemble à de la poésie.

Christine – La physique, de la poésie ?!? Quelle horreur ! Il manquerait plus que ça !

Christine et moi, on se partage les matières. Elle, c'est Mme Sciences. Elle est très bonne en maths, en sciences naturelles et en physique-chimie. Moi, mon domaine, c'est plutôt les matières littéraires. À nous deux, on est une excellente élève !

On a rejoint Marie qui rangeait ses affaires au premier rang.

Christine – Alors Marie ?!? En retard, ce matin ?

Marie a acquiescé d'un mouvement de tête.

Christine – T'es montée pile à l'heure sur le ring. À une seconde près, tu finissais chez Heltz, et Dieu sait ce qui te serait arrivé !

Marie a souri. Mais pour qui sait regarder, ce n'était pas un vrai sourire. Je l'ai sentie contrariée, mais je n'ai rien dit. On est descendues dans la cour en laissant Chris meubler la conversation. Elle était très en forme d'ailleurs. Elle avait déchiré une page de son *Mademoiselle Âge tendre* pour nous montrer la jupe de ses rêves : une mini-jupe ultra-mini.

Christine – Je vais demander la même à ma mère ! Vous en pensez quoi ?

Lélia – Elle ne devrait pas coûter très cher vu le peu de tissu !

Christine – T'es pas drôle… Et toi, Marie ?

Marie – J'adore ! Mais, moi, je ne pourrai jamais en porter une comme ça…

Christine – Pourquoi pas ? Sous la blouse, personne ne la verra et les jours où il n'y a pas classe, tu feras ce que tu voudras.

Marie – Je ne crois pas, non ! Ma mère m'étranglerait si je portais une jupe pareille… C'est à cause d'elle que je suis arrivée en retard ce matin.

Lélia – Pourquoi ?

Marie – Parce que je ne voulais pas mettre mes chaussettes blanches, ça fait vraiment gamine. Je lui ai dit que je voulais mettre mes sandales pieds nus et que, quand il fera froid, je voulais des collants voile comme vous. Du coup, elle s'est mise à pleurer en disant à mon père que, dans ce pays, j'étais en train de mal tourner, que j'allais devenir comme les Françaises de France, une fille de mauvaise vie. Elle m'a encore menacée de me mettre au lycée

Notre-Dame-de-Sion. Elle m'a prévenue qu'au moindre incident, elle le ferait. Même en cours d'année.

Lélia – Et alors ?

Marie – Et alors, j'ai remis mes chaussettes.

Christine qui, depuis quelques secondes, regardait derrière nous, a chuchoté :

Christine – Il faut croire que tes chaussettes ont un pouvoir magique parce que La Touffe continue à te mater.

On s'est retournées pour vérifier. Effectivement, Benjamin regardait Marie. Christine l'a surnommé La Touffe à cause de son impressionnante masse de cheveux.

Christine – Il lui faudrait vraiment un bon coiffeur, à lui !

Marie – T'es méchante... C'est pas sa faute s'il a les cheveux épais et frisés.

Christine – Oh c'est mignon, tu le défends déjà. Marie aime La Touffe et ne veut pas que...

Chris s'est interrompue d'un coup d'un seul. La Touffe, rouge comme une borne incendie, venait à notre rencontre. Enfin, quand je dis « venait », c'est inexact. Il était plutôt propulsé par Erwan qui, comme aux auto-tamponneuses, lui donnait un coup d'épaule à chaque pas pour le faire avancer.

Le pauvre garçon faisait peine à voir. Erwan en revanche, lui, était hilare.

Erwan – Hello les filles, on est dans la même classe, mais on n'a pas encore eu l'occasion de se parler. Lui, c'est Ben et moi, c'est Erwan !

Christine – Pas besoin de vous présenter, vous êtes déjà des vedettes en cours. Moi, je m'appelle Christine.

Lélia – Moi, c'est Lélia.

Marie – Marie.

Erwan – Eh bien, ravis de faire votre connaissance, les filles !

Christine, qui ne perdait pas de vue son objectif premier, se rapprocher de Paul, a cherché à savoir si Erwan le connaissait. La réponse a fusé :

Erwan – Ah non ! Et franchement, c'est pas le genre de mec avec qui j'ai envie d'être pote.

Christine – Pourquoi ?

Erwan – Le genre prétentieux qui se met en scène en permanence, c'est pas mon truc. Son cirque, le jour de la rentrée, pour te sauver des griffes de la grande méchante louve, c'était vraiment lourdingue !

Ça m'a fait sourire. Inutile de vous préciser que Chris n'a pas apprécié la critique.

Christine – Lui, au moins, il a été courageux.

Erwan ne s'est pas donné la peine de réagir à cette petite agression. Il nous a posé des questions sur nos vies tandis que Benjamin, stressé, rongeait frénétiquement ses ongles en regardant Marie.

Erwan – Donc, si j'ai bien compris, vos trois pères bossent dans la même rue, et le patron du bar, c'est ton père, Christine ?

Christine – Oui !

Erwan – Il râle, mais je l'aime bien. La dernière fois, j'ai perdu trois parties de flipper d'affilée alors j'ai donné un coup de pied dans la machine. Il a bondi de derrière son comptoir et il m'a gueulé dessus. Je me suis excusé. Il m'a regardé, m'a donné une pièce d'un franc et il m'a dit : « Fiston, joue avec tes mains et tes yeux, pas avec ta colère. »

Lélia – C'est tout lui ! La brute au grand cœur… C'est ce que je répète tout le temps à Chris.

Comme c'était l'heure de remonter en cours, on s'est promis de se retrouver au réfectoire pour déjeuner.

Le repas a été vraiment sympa.

On a appris pourquoi Erwan parlait si bien l'anglais. Pas de famille londonienne ni une jeunesse vécue aux États-Unis. La raison était surprenante. Notre nouvel ami écoutait des chanteurs anglais ou américains depuis toujours et, armé de son dictionnaire, il avait déchiffré et appris les paroles par cœur. Le reste était venu sans effort...

On a aussi appris que les deux garçons se connaissaient depuis la maternelle. Le premier jour de classe, comme Benjamin-trois-ans pleurait beaucoup, Erwan l'avait pris par la main dans la cour et lui avait juré qu'il ne l'abandonnerait jamais. Ils avaient scellé ce jour-là une amitié qui durait encore. Il était touchant de voir à quel point ces deux-là étaient proches. Bien sûr, Erwan avait un caractère très affirmé et on pouvait avoir l'impression que la relation était inégale, mais ce n'était pas le cas. Derrière la timidité de Benjamin se cachaient une intelligence et une force tranquille. À chacun ses qualités !

7.
Tous les garçons et les filles de mon âge

Tous les garçons et les filles de mon âge
Se promènent dans la rue deux par deux
Tous les garçons et les filles de mon âge
Savent bien ce que c'est qu'être heureux.

(Chanté par Françoise Hardy)

***

Dans les semaines qui ont suivi, quand nous n'étions pas en train d'organiser des rencontres par hasard avec Paul Masson*, nous traînions avec les deux garçons.

* D'ailleurs, à propos de Paul Masson, les choses n'avançaient pas vraiment pour Chris. Son grand amour ne semblait pas la voir quand il la croisait au lycée et la seule fois où il lui avait parlé, c'était à la façon d'un grand frère qui croise sa petite sœur à la kermesse de l'école. Ça avait rendu Christine folle de rage mais pas moins amoureuse !

Benjamin continuait à se ronger les ongles quand il voyait Marie, mais il commençait à se détendre et à échanger avec nous.

Il était passionné – euh… obnubilé – par les voyages dans l'espace.

Benjamin – Vous savez, nous verrons bientôt le premier homme mettre le pied sur la Lune !

Marie – Tu rêves, là, non ? La Lune, c'est super loin…

Benjamin – Pas si loin que ça. Je te rappelle que les Russes ont déjà envoyé une femme dans l'espace et qu'elle a fait quarante-huit révolutions autour de la terre en 71 heures de vol, et que cet été l'Américain Edward White est sorti de sa capsule pour une promenade de vingt minutes dans l'espace. Alors la Lune, c'est à deux pas…

Tandis que Ben nous invitait à imaginer la vie ailleurs, Erwan adorait se moquer de Chris qui écoutait les yéyés. « Une musique cruche pour des midinettes écervelées », commentait-il. Pour lui, la révélation, c'était un nouveau groupe de quatre jeunes Anglais qui s'appelaient les Beatles. Il leur prédisait un destin exceptionnel.

Un jour, un mois environ après la rentrée, Erwan a apporté un album de son groupe fétiche : *Help !* Il venait de sortir dans les bacs. Il nous a dit en riant :

Erwan – Chris, avec la soupe que tu écoutes, tes oreilles sont perdues pour la cause. Je te laisse donc à tes chanteurs guimauve qui miaulent dans le poste. Mais pour Marie et Lélia, il y a encore quelque chose à sauver. Je vous prête *Help !* pour deux soirs. Un soir chacune… Dans l'ordre que vous voulez.

Évidemment la douce Marie m'a donné la primeur et j'ai accepté. Je suis donc rentrée chez moi avec le 33 tours dans mon cartable. Il était près de 18 heures, j'avais fait mes devoirs avec Chris, j'allais donc pouvoir profiter d'un moment dans ma chambre pour écouter l'album.

Lorsque je suis arrivée devant *La Caravelle*, j'ai été très étonnée de voir la vitrine déjà éteinte. La grille était à moitié tirée et il n'y avait personne dans le magasin. Ça n'arrive jamais que mon père ferme avant l'heure. J'ai monté les marches quatre à quatre.

C'est Papa que j'ai vu en premier. Il a dit de façon très solennelle :

Le père – Bon, maintenant que Lélia est arrivée, je vais fermer en bas.

Lélia – Il se passe quoi ?

Le père – J'arrive...

J'ai posé mes affaires et j'ai cherché mes sœurs du regard. Elles étaient assises droites comme des piquets sur le canapé, et Gisèle, debout, le visage fermé, tapotait le sol de son pied comme si elle cherchait à contenir sa colère. Mon cœur s'est mis à battre la chamade.

Depuis plusieurs jours, l'ambiance à la maison était désastreuse. Ma belle-mère nous faisait des remarques désagréables en permanence et les dîners en famille étaient devenus un vrai calvaire.

On mangeait le plus vite qu'on pouvait, on débarrassait à toute allure et on filait dans nos chambres. Finies, les discussions enflammées entre Papa et Pauline sur la société de consommation ou la place de la femme dans la société, finis, les fous rires provoqués par le monde selon Zazie, finis, les partages sur le quotidien au lycée ou à *La Caravelle*. Au 4, rue des Maraîchers, à partir de 19 h 30, en entendait seulement le bruit des fourchettes et des déglutitions difficiles.

Et comme on s'habitue à presque tout, j'avais fini par croire que c'était devenu ça, notre vie, et que chacun s'accommodait de cette triste colocation.

Mais a priori, ce soir, un événement avait fait basculer cet équilibre médiocre du côté du règlement de comptes. Et je pressentais que cela serait douloureux...

Sans un mot, je suis allée m'asseoir près de Zazie. Je me suis dit qu'entre ses deux grandes sœurs, elle se sentirait protégée. Elle s'est collée à moi et a respiré mon odeur comme un chaton perdu. Pour éviter d'avoir à en pleurer, je lui ai chuchoté :

Lélia – Qu'est-ce qu'il y a ? Je sens mauvais ? J'ai mis du déo pourtant...

Zazie m'a souri. Ça a été le dernier sourire de la soirée.

La grosse mise au point familiale annoncée par Pauline trois semaines auparavant a eu lieu dans les minutes qui ont suivi.

Lorsque Papa est remonté, il a placé les deux fauteuils bleus bien en face du canapé. Il s'est assis avec Gisèle et j'ai eu la sensation que nous étions sur le banc des accusés et que les deux adultes étaient là pour nous juger. Vu les regards de ma belle-mère, c'était pour nous condamner à la peine de mort. Voire pire si ça existe...

Papa a commencé. Il n'était pas très à l'aise mais Gisèle semblait le télécommander avec les yeux.

Le père – Les enfants... Bien sûr, la situation n'est pas simple pour vous et je comprends que...

Gisèle – Droit au but, Simon !

Le père – Voilà, Gisèle a l'impression que vous êtes...

Gisèle – Ce n'est pas une impression, Simon, c'est un fait. Et je ne suis pas la seule à en avoir conscience. Ne me mets pas tout sur le dos, s'il te plaît.

Le père – Non, bien sûr. Voilà, Gisèle et moi pensons que...

J'ai eu la nausée. Je ne sais pas si c'était le stress causé par la situation ou un truc que j'avais mangé mais j'ai vraiment eu envie de vomir. Papa a senti mon malaise.

Le père – Ça ne va pas, Lélia ?

Ma belle-mère, agacée par la sollicitude de mon père, lui a dit méchamment :

Gisèle – Elle va bien ! C'est de la comédie. Continue...

Le père – Non, regarde, elle est toute pâle.

Gisèle – Continue, je te dis !

Pauline, qui n'avait pas pipé mot depuis mon arrivée, est intervenue brutalement :

Pauline – Bon, Papa, puisque c'est Gisèle qui tient à lyncher tes enfants sous ton propre toit, je te propose de la laisser parler. On gagnera du temps.

Vous voyez un gros bidon d'essence et une fille qui s'approche tout près avec des allumettes ?!? Eh bien, c'est à peu près ce qu'a provoqué l'intervention de ma sœur.

Gisèle, qui s'était contentée jusque-là d'inciter Papa à parler, a pris les commandes. Et le moins qu'on puisse dire, c'est qu'elle avait de la rancœur contre nous.

Je préfère vous résumer la scène, parce que la raconter dans le détail, ça serait la vivre deux fois. En gros, elle nous a reproché d'être des monstres sans aucun respect pour sa personne. D'après elle, Pauline se prenait pour une révolutionnaire alors qu'elle n'était qu'une insolente mal élevée, Zazie était une petite fille gâtée et pleurnicheuse, quant à moi, une hypocrite dont on ne savait pas trop ce qu'elle pensait mais dont elle se méfiait.

Quand elle a eu fini de cracher son venin, elle s'est affaissée sur le fauteuil sous le regard catastrophé de mon père qui l'avait laissée faire.

Zazie, qui ne comprenait pas pourquoi tant de méchantes choses avaient été dites, s'est mise à pleurer à chaudes larmes en réclamant Maman. Ça m'a retournée. Je l'ai prise dans mes bras et je n'ai réussi qu'à pleurer avec elle.

Pauline s'est levée et, dans un geste très théâtral, a applaudi les deux adultes. Elle s'est même permis d'ajouter :

Pauline – Bravo à Gisèle pour sa cruauté, et bravo à Papa pour sa lâcheté...

Et, se tournant vers nous :

Pauline – Les filles, vous venez dans ma chambre, on ne reste pas une minute de plus dans cette pièce.

On l'a suivie sans un mot.

Une fois réfugiée chez Pauline, Zazie, qui avait eu du mal à retrouver sa respiration au milieu de ses sanglots, a demandé :

Zazie – Pourquoi Gisèle s'est transformée en sorcière ce soir ?

Pauline – Elle ne s'est pas transformée en sorcière ce soir, elle l'a toujours été. Elle cachait un peu son jeu, c'est tout. Je la déteste...

Zazie – Moi aussi. Pas toi, Lélia ?

Comme je ne répondais pas, Pauline a insisté :

Pauline – Pas toi, Lélia ?

Lélia – Quelle importance que je la déteste ou pas ? Ce n'est pas ça l'important...

Pauline – Alors, qu'est-ce qui est important ?

Lélia – Comment on va faire pour continuer à vivre tous ensemble ?

Pauline – On ne va rien faire ! Elle n'imposera pas sa la loi ici. Tu sais ce qui arrive aux tyrans en général ? Ils finissent la tête coupée. Gisèle n'échappera pas à la règle !

J'ai regardé Pauline d'un air navré. Elle a beau être l'aînée, parfois je la trouve puérile. Zazie, qui prend tout au premier degré, a demandé, catastrophée :

Zazie – Vous allez couper la tête de Gisèle ?

Lélia – Mais non...

Zazie – Parce que si vous le faites, on ne pourra plus la lui recoller. Ce sera pour toujours.

Lélia – Ne t'inquiète pas, Zazie. Personne ne coupera la tête de Gisèle.

Pauline, certainement énervée que je n'abonde pas dans son sens, a déclaré :

Pauline – Bien sûr, mademoiselle ne s'abaisse pas à se salir les mains. Mais aucune révolution ne s'est faite avec des fleurs, tu sais ? Il faut savoir prendre les armes...

Lélia – Tu ne crois pas que tu en fais trop, là, Pauline ? Tyran, révolution, armes... On a juste un gros problème familial.

Pauline – Famille, boulot ou société, c'est la même chose. Il y en a toujours un qui veut prendre le pouvoir et asservir les autres. Donc il faut l'abattre, c'est tout ! Il n'y a que la force pour s'opposer à la force.

Lélia – Eh ben, c'est triste.

Pauline – C'est peut-être triste, mais c'est la réalité.

Zazie qui nous regardait façon spectatrice d'un match de ping-pong – un coup à droite, un coup à gauche – a cru que la dernière réplique de Pauline marquait sa victoire. Elle a donc redemandé :

Zazie – Alors, vous allez couper la tête de Gisèle ?

Je n'en pouvais plus de cette discussion qui ne menait à rien. J'avais eu mon lot d'agressions pour la soirée. Alors, après avoir expliqué à Zazie le sens figuré de « couper la tête », j'ai emprunté le tourne-disque de Pauline et je suis retournée dans ma chambre écouter le disque d'Erwan. Je le lui avais promis et une promesse est une promesse.

Quand une voix d'homme a chanté : « *Help!* », même si je ne suis pas très bonne en anglais, ça m'a fait un électrochoc. J'ai senti que, comme moi, cet homme était désespéré et qu'il le criait au monde entier. J'ai écouté la chanson en boucle. Je n'arrivais plus à m'arrêter. Dès que j'entendais le dernier accord, je remettais l'aiguille au début du vinyle.

Zazie, qui m'avait rejointe depuis un petit moment, a râlé :

Zazie – Encore ? Mais on l'a déjà écoutée plein de fois…

Lélia – Ben, c'est comme toi avec *Le chat qui s'en va tout seul*.

Zazie – Pourquoi ils ne chantent pas en français ?

Lélia – Parce qu'ils sont anglais.

Zazie – Et pourquoi tu l'aimes, cette chanson ?

Lélia – T'es pénible, Zazie, laisse-moi tranquille.

Zazie – Pourquoi il dit « Hep » ?

Lélia – C'est pas « Hep », c'est « *Help!* » Ça veut dire « À l'aide ! ».

Zazie – Pourquoi ? Il va se noyer ?

J'ai souri. Ce n'est pas faux... D'une certaine manière, l'angoisse ressemble à une noyade.

Zazie – Dans mon livre, Mimi la petite souris se penche au-dessus d'une grande jatte de lait et tombe dedans. Elle crie : « À l'aide, à l'aide !!! »

Lélia – Eh bien, ça doit être ça alors. Le chanteur a dû tomber dans une jatte de lait.

Zazie est restée silencieuse un moment puis :

Zazie – Et moi je peux avoir du lait ?
Lélia – Va en chercher dans la cuisine.
Zazie – Tu viens avec moi ?
Lélia – Non.
Zazie – J'ai peur de Gisèle...

Help, I need somebody
Help, not just anybody
Help, I need someone
*Help!**

** À l'aide, j'ai besoin de quelqu'un*
À l'aide, pas simplement n'importe qui
À l'aide, j'ai besoin de quelqu'un, à l'aide !

*

Mercredi matin, j'ai fait exprès d'arriver à la dernière minute au lycée. Je n'avais pas envie de raconter ma soirée à qui que ce soit. Et surtout pas à Christine... J'étais certaine qu'elle me ferait encore une leçon de morale du type : « Arrête de subir, gueule-lui dessus, à ta belle-mère, on dirait vraiment que tu aimes te faire maltraiter » et qu'ensuite elle me parlerait de Paul et encore de Paul.

À la récréation, j'ai prétexté avoir besoin d'aller aux toilettes et j'ai disparu presque jusqu'à la sonnerie. Je m'attendais à devoir me justifier à mon retour mais pas du tout ! Christine et Marie étaient sur un autre dossier.

Christine – Tu veux un scoop ? Mais du lourd, je te préviens.

Lélia – OK, je suis prête !

Marie – Essaie de deviner...

Lélia – Un prof ou une élève ?

Chris a pris son air de pestouille.

Christine – UN élève.

Lélia – Donc j'ai le choix entre quatorze personnes ! Vu ton petit sourire, je pense qu'il s'agit encore de Paul.

Christine – Exact. Il s'est passé un truc incroyable... Tu te souviens, tout à l'heure, tu as apporté à Marie le disque d'Erwan ?

Lélia – *Help !*

Christine – Oui, peu importe le titre ! Il y a cinq minutes, je regardais la pochette quand Paul, que je n'avais pas vu arriver, m'a demandé avec des étoiles dans les yeux : « Tu aimes les Beatles ? »

Lélia – Qu'est-ce que t'as répondu ?

Christine – « J'adore ! C'est mon groupe préféré ! »

Lélia – Mais t'es folle !

Christine – Je n'allais pas louper une occasion pareille de le brancher.

Lélia – Et ?

Christine – Je lui ai proposé de le retrouver vendredi après les cours, pour en parler.

J'ai regardé Marie.

Lélia – On est d'accord, elle est folle ?!?

Marie – Ben...

Lélia – OK ! Je vois que je suis la seule à trouver cette idée absurde. Chris, tu es au courant que tu ne connais pas une seule chanson des Beatles ?

Christine – Je ne connais pas ENCORE une seule chanson des Beatles. Donc tu vois à quoi on va passer notre jeudi ?

Lélia – À potasser à fond les chansons des Beatles pour que tu puisses en parler vendredi.

Christine – Exact.

Lélia – C'est vraiment n'importe quoi. Ne viens pas pleurer après si tu te fais démasquer et que Paul te jette. Sache que ta grande amie Stella se fera un plaisir de faire circuler ton histoire au lycée.

Christine – T'inquiète, ça va bien se passer... Alors, tu es d'accord pour m'aider ?

Franchement, je n'en avais aucune envie. Mais l'amitié, la vraie, est au-dessus de tout dans la vie.

Lélia – Je peux déjà te parler de la chanson qui donne son nom à l'album.

Christine – Vas-y !

Lélia – C'est l'histoire d'un type qui se noie dans une jatte de lait et qui crie au secours.

Christine – C'est vrai ?!?

J'ai souri.

Lélia – Non ! C'est un type qui est paumé et qui demande de l'aide, mais Zazie l'a interprétée à sa façon.

Christine – Zazie écoute les Beatles ?

Lélia – Oui... enfin juste *Help!* quand je l'écoutais en boucle.

Christine – Et c'est bien ?

Lélia – Ça ressemble à ma vie.

Marie m'a regardée et m'a dit d'une voix émue :

Marie – On est là, nous, et on t'aime... On ferait n'importe quoi pour toi. Hein, Chris ?

Christine – Oui, enfin, n'importe quoi, sauf lire ses livres pourris dans lesquels des dépressives cherchent le mec qui va les rendre encore plus malheureuses.

Lélia – Non, tu as raison ! Il vaut mieux vivre l'histoire de la fille qui baratine son grand amour en lui faisant croire qu'ils aiment la même musique.

Christine – Absolument !

À la cantine, Christine a demandé à Erwan de tout lui expliquer sur les Beatles. Il a éclaté de rire en apprenant sa motivation.

Erwan – J'y crois pas... T'as fait croire à l'autre play-boy que tu aimais les Beatles alors que tu n'y connais rien ?

Ce résumé assez fidèle de la situation n'a pas été du goût de Chris, elle a rectifié fièrement :

Christine – J'ai rendez-vous lundi avec l'homme de ma vie pour parler d'un groupe que je connaîtrai parfaitement avant vendredi.

Erwan (*hilare*) – OK...

Christine – Tu veux bien m'aider ?

Erwan – Bien sûr ! Je vais me faire un plaisir de t'aider à piéger ce crétin.

Christine – C'est pas un crétin.

Erwan – Si ! Mais tu ne le sais pas encore.

Christine – Alors rendez-vous au *Louis XVI* demain matin ?

Erwan – Je ne peux pas avant 16 heures.

Christine – Banco pour 16 heures !

⋆

On s'est retrouvés jeudi après-midi avec les garçons à la terrasse du *Louis XVI*. Comme Louis n'était pas là, Jeanne en a profité pour offrir les boissons et les tartes aux garçons.

C'est la femme la plus généreuse de la terre. Si son mari ne la freinait pas un peu, elle nourrirait tout le quartier à l'œil. D'ailleurs, c'est un peu le cas. Le vieux Maurice, qui est un habitué du café, repart chaque soir avec son dîner depuis qu'il a perdu sa femme et que Jeanne a remarqué qu'il maigrissait. Elle lui fait croire à chaque fois que, comme le repas n'a pas été servi le midi, elle va devoir le jeter et qu'elle n'aime pas le gâchis. Elle fait la même chose avec Rosa, une étudiante en médecine qui n'a pas un sou et qui vient souvent boire un café en fin de journée. Elle repart toujours avec son dîner « qui n'a pas été servi le midi ». L'an dernier, au moment des révisions, Rosa ne sortait plus de chez elle. Jeanne était tellement inquiète à l'idée qu'elle ne se nourrisse pas qu'elle est carrément allée lui apporter ses repas. Un véritable ange gardien…

Pour en revenir aux Beatles, Erwan a dispensé un cours magistral à Chris. Au cas où vous voudriez en savoir plus sur ce groupe, je vous colle les notes que Chris a prises consciencieusement pour pouvoir réviser avant son rendez-vous :

Les Beatles

– Quatre jeunes garçons de Liverpool en Angleterre, qui font du rock.
  - John Lennon (guitare, harmonica, chant).
  - Paul McCartney (guitare basse, chant).
  - George Harrison (guitare solo et acoustique, chant).
  - Ringo Starr (batterie, tambourin, maracas, chant).

– Au début, ils se sont produits dans des pubs de Liverpool et de Hambourg.

– Ils ont repris des standards américains mais rapidement Lennon et McCartney écrivent eux-mêmes les textes.

– Ce groupe de rock s'appelle les Beatles : nom formé à partir de *beat* (rythme) et *beetle* (scarabée).

– Ils ont sorti deux singles, il y a trois ans : *Love me do* et *Please please me*. Gros succès.

– Ils ont enregistré cinq albums ces trois dernières années :

- *Please please me* (1963) ;
- *With the Beatles* (1963) ;
- *A hard day's night* (1964) ;
- *Beatles for sale* (1964) ;
- *Help!* (cet été).

– L'an dernier, les Beatles ont monopolisé le top 5 américain avec quatre titres placés.
– C'est la folie, les gens se battent pour avoir des places à leurs concerts et certains tombent dans les pommes.

Tandis qu'ils échangeaient, j'en ai profité pour discuter avec Benjamin. À part sa passion pour l'espace, je n'en savais pas beaucoup sur lui. J'ai appris qu'il avait trois frères, que son père était un grand chirurgien cardiaque qui exigeait de ses fils qu'ils soient premiers de la classe, qu'il adorait sa mère qui était une femme très douce et que son chat s'appelait Virgule. Il était en train de me confier que sa timidité maladive l'empêchait de nouer des liens quand une voix bien connue a prononcé derrière nous : « Salut les copains ! »

Je me suis retournée, très étonnée.

Lélia – Marie ?!?

Marie – Eh ben oui, c'est moi.

Marie au *Louis XVI*, c'était vraiment une première ! En voyant notre amie, Benjamin a commencé à se ronger frénétiquement ses ongles. Il faut croire que l'effet qu'elle lui faisait était réciproque parce qu'elle est devenue rouge coquelicot.

Christine – Génial que tu aies pu venir. T'as fait comment ?

Marie – Après mon cours de danse, ma mère va chez le coiffeur. Je lui ai dit que je devais rentrer pour les devoirs. C'est ce que j'ai fait mais, après, je me suis sauvée !

Erwan a demandé :

Erwan – Pourquoi, t'as pas le droit de sortir de chez toi ?

Marie – Disons que ma mère a une vision de la vie qui date d'un autre siècle et d'un...

Erwan – Et d'un ?

Marie – D'un autre pays. On vivait à Constantine avant.

Erwan – T'es pied-noir alors ?

Marie – Il paraît que c'est comme ça qu'on nous appelle.

Même si Marie a répondu en souriant, moi je sais qu'elle n'a pas dû se sentir à l'aise. La dernière fois, elle m'a confié que beaucoup de gens se moquent des Français d'Algérie. Ils leur reprochent leur accent chantant et leur façon de vivre, si bien qu'elle ne sait jamais comment ses origines seront accueillies.

Benjamin, qu'on n'avait pas entendu depuis l'arrivée de Marie, a prononcé à la vitesse de la lumière :

Benjamin – J'adoreraisquetumeracontestavie quandtuétaislàbas.

Il nous a fallu quelques secondes pour comprendre sa phrase. Marie a rougi pour la deuxième fois en moins de cinq minutes. Si on ajoute à cela qu'elle ne portait pas ses longues chaussettes blanches et qu'elle avait lâché ses beaux cheveux noirs qu'elle coiffe habituellement en chignon bas, on peut en conclure que quelque chose se tramait entre ces deux-là.

On a passé le reste du temps à rire et à discuter. À tel point que j'en ai complètement oublié mes histoires de famille.

En partant, j'ai murmuré à Christine :

Lélia – Tu sais quoi, Chris ? Elle était trop bien cette journée.

Christine – On a tous les jeudis de notre vie pour en vivre d'autres !

Lélia – Tu veux passer tous les jeudis de ta vie avec moi ?

Christine – Oui ! Tu n'auras jamais à chanter *Help!* je serai toujours là pour toi.

Lélia – Moi aussi, ma Chris.

Plus un mot n'a été ajouté. Le silence est le plus beau des écrins pour une déclaration d'amitié.

8.
Vous permettez, Monsieur, que j'emprunte votre fille ?

Vous permettez, Monsieur, que j'emprunte votre fille ?
Et, bien qu'il me sourie,
Moi, je sens qu'il se méfie.
Vous permettez, Monsieur ?
Nous promettons d'être sages
Comme vous l'étiez à notre âge
Juste avant le mariage.

(Chanté par Adamo)

Papa conseillait un prof d'Hélène-Boucher quand je suis entrée dans la librairie. *La Caravelle* est le repère des profs des deux lycées. Facile de comprendre pourquoi... En dehors du fait que mon père les accueille chaleureusement, boit le café avec eux et les conseille sur tous les derniers livres parus, le lieu est une caverne d'Ali Baba pour ceux qui aiment aussi le papier vierge !

Derrière la caisse, il y a les articles papeterie qu'il sert à la demande. C'est mon royaume. Des carnets de tous les formats possibles (j'ai le droit d'en prendre un par mois !), des petits et des grands cahiers (mes préférés sont les Clairefontaine, ils sentent bon le papier), des protège-cahiers transparents ou de couleur, des classeurs grand ou petit format, des feuilles (petits carreaux ou grands carreaux, simples ou doubles), des boîtes de cartouches d'encre (bleue, noire, rouge, marron, violette), des stylos billes, des buvards roses, des crayons de couleur, des feutres, des pastels gras, des tubes de peinture aux noms magiques (rose tyrien, rouge égyptien, bleu cyan, vert céladon ! Je voyage rien qu'en les nommant), des pinceaux fins, épais ou brosse, des gommes rectangulaires « rouge et bleu » (un côté pour effacer sur du papier à dessin, et l'autre côté pour les autres surfaces plus dures comme le carton ou la céramique) et des gommes blanches rondes pour le dessin. Des quantités de crayons à papier 2B, HB, 2H, et j'ai gardé le plus merveilleux pour la fin : d'immenses tiroirs plats remplis de feuilles Canson couleur, de feuilles calque, de feuilles millimétrées... J'adore quand Papa les sort, les roule sur elles-mêmes et fait claquer l'élastique qui va les tenir ainsi. Il ajoute toujours cette phrase : « Veillez à ne pas les écraser, vous endommageriez la fibre. »

Vous comprenez mieux pourquoi je vous disais que *La Caravelle*, c'est le paradis sur terre ?

Je me suis assise en silence à ma place favorite : près de l'entrée, sur le petit escabeau noir, les épaules calées entre deux étagères mobiles. Ici, presque personne ne me voit. J'ai pris un roman au hasard et j'ai commencé à lire.

Gisèle ne m'a pas remarquée quand elle est revenue des courses avec Zazie. Je ne me suis pas signalée. Elles sont montées directement à l'appartement.

Je lisais depuis environ une demi-heure quand mon père, qui venait prendre un livre pour un client, s'est rendu compte de ma présence. Il a sursauté puis il m'a murmuré avec douceur :

Le père – C'est bien que tu sois là...

Je l'ai regardé froidement sans prononcer un mot. Il a pris le roman qu'il était venu chercher et il est parti, le dos courbé. Mon cœur a cogné fort dans ma poitrine.

À 19 heures, quand il a fermé les grilles, j'en ai profité pour monter.

J'ai eu peur que Zazie me reproche mon heure tardive mais elle m'a accueillie toute joyeuse :

Zazie – Regarde ce que Gisèle m'a acheté : un collier en bonbons, une boîte de Coco Boer, des soucoupes pétillantes et cinq ours en guimauve. Enfin là, il n'y en a plus que deux. J'ai déjà mangé les autres !

Même si j'ai pensé que les manœuvres de ma belle-mère pour se racheter une bonne conscience étaient grossières, je me suis extasiée sur le trésor de ma petite sœur.

Lélia – Waouh !!! Tu as de la chance, Zazie...
Zazie – Tu veux croquer dans mon collier ?
Lélia – Non merci. Pauline est dans sa chambre ?

Zazie n'a pas eu le temps de répondre. Pauline, qui ouvrait la porte d'entrée, a crié :

Pauline – Non, je suis là...

Zazie a couru pour lui montrer son pactole. Évidemment, la réaction de ma sœur aînée ne s'est pas fait attendre.

Pauline – Elle a décidé de t'empoisonner avec du sucre et des colorants ? De mieux en mieux... Il va falloir qu'on fasse attention à ce qu'elle nous donne à manger.

Ma belle-mère, qui sortait de la cuisine, a parfaitement entendu la remarque de Pauline, mais elle a fait comme si de rien n'était. Je suis allée discrètement chercher du pain et du fromage, et j'ai filé dans ma chambre. Ma belle-mère avait mis la table pour cinq, mais il n'était pas question que je dîne en famille.

Papa est venu toquer à ma porte et m'a demandé de les rejoindre, mais je n'ai pas répondu. Il n'a pas insisté. Quand Zazie est revenue après le repas, elle m'a demandé :

Zazie – Pauline et toi, vous ne mangerez plus jamais avec nous à table ?

Lélia – Pourquoi ? Pauline est restée dans sa chambre, elle aussi ?

Zazie – Non, elle est partie dormir chez sa copine Alma. Elle a dit : « Pas envie de rester dans cette baraque avec l'autre hystéro. » Ça veut dire quoi « hystéro » ?

Help!!! Somebody Help!!! Vivement demain que je respire au lycée...

*

Christine me demandait pour la cent cinquantième fois si j'avais tout retenu. Et, pour la cent cinquantième fois, j'ai répondu par l'affirmative.

N'y voyez aucune jalousie de ma part, mais je trouvais que Christine commençait à exagérer. C'était un peu comme si elle avait oublié que les autres existaient aussi. Seule comptait son histoire d'amour.

Depuis que Paul lui avait proposé, ce matin, de la retrouver au *Louis XVI* pour parler des Beatles, ma meilleure amie était en folie. Elle avait plutôt imaginé qu'ils discuteraient en se promenant. Le bois de

Vincennes est à deux pas et un banc au soleil, près du lac, aurait été l'endroit idéal pour leur rendez-vous. Elle n'avait pas imaginé une seule seconde que leur tête-à-tête se passerait au *Louis XVI*, sous les yeux de son père.

Donc, jamais à court d'idées, ma meilleure amie avait élaboré un plan et nous l'avait remis par écrit.

1. À la sonnerie, courir jusqu'à la terrasse du *Louis XVI* (Lélia, Erwan et Benjamin).
2. Coller deux tables rondes en terrasse (plutôt celles à l'angle gauche pour que Louis n'ait pas trop de visibilité depuis le comptoir).
3. S'installer en laissant deux places libres côte à côte.
4. Commander les boissons tout de suite pour tout le monde (un café pour Paul et un Coca pour Chris) de manière à se faire oublier rapidement.
5. Accueillir Paul et Chris, parler cinq minutes avec eux pour que ça ne paraisse pas bizarre.
6. Séparer les tables discrètement de manière à laisser les amoureux en tête à tête et faire écran physiquement pour que Louis ne les voie pas.

À 16 h 05 pile donc, nous avions exécuté la première étape du plan. Erwan était fou de joie de participer à l'installation du « piège à play-boy » ! Il avait donc lui-même installé les tables et les chaises. On s'était assis, on avait commandé les boissons et on avait attendu les stars du jour.

Nous étions là depuis cinq minutes à peine quand Marie nous a rejoints :

Marie – Et pour moi, y a pas une petite place ?

Lélia – Génial ! Tu restes avec nous ???

Marie – Oui ! Je me suis dit que je n'avais vraiment pas envie de louper ça. Et ma mère n'est pas à la maison. Une urgence ! Elle est partie voir sa cousine qui est malade.

Lélia – Cool ! Enfin pour toi, pas pour la cousine !

Alors que Benjamin se précipitait pour apporter une chaise à sa dulcinée, il s'est pris les pieds dans son cartable. Le malheureux a fait un vol plané et a atterri sur une table, renversant les deux bocks de bière qui étaient dessus. Inutile de vous décrire le carnage : clients arrosés qui crient, verre brisé sur la terrasse.

Louis a bondi de derrière son comptoir pour évaluer les dégâts. Il a hurlé en voyant Ben qui se relevait tout juste :

Louis – C'est quoi ce bordel ?

Benjamin – Je... Je... suis dé... dé... désolé... J'ai... J'ai... pas fait exprès.

Erwan est intervenu pour défendre son ami :

Erwan – Son pied a buté et il est tombé sur la table.

Louis – Mais je te reconnais, toi ! T'es le couillon qui file des coups de pied dans mon flipper.

Erwan – Oui, monsieur. Mais je me suis déjà excusé et je n'ai jamais recommencé.

Louis a regardé le verre au sol et a demandé, inquiet, à Benjamin :

Louis – Tu t'es fait mal ?

Benjamin – Non m'sieur.

Louis – Tu t'es pas pris des bouts de verre dans les mains, t'es sûr ?

Benjamin – Non m'sieur… Mais… Si… Si… Si vous me donnez un… un balai et… une pelle, je peux ramasser.

Louis – Non ! Tu serais assez couillon pour te blesser. Assieds-toi et ne bouge plus…

Benjamin – Oui m'sieur.

J'ai souri. C'est tellement Louis, cette façon bourrue de prendre soin de l'autre. Les gens ne comprennent pas toujours comment Jeanne, si douce et si délicate, a pu épouser un ours pareil. C'est parce qu'ils ne le connaissent pas ! Louis a un cœur d'or. Un cœur brisé par un premier mariage et un fils qu'il ne voit plus, mais un cœur d'or tout de même.

Au moment où Louis revenait avec le balai, Christine est arrivée, tout sourire, avec Paul. Le couple s'est assis en silence sous le regard noir paternel. J'ai essayé de sauver la situation :

Lélia – Ah, génial, Paul est là… Il va pouvoir nous expliquer les maths !

Paul – Certainement pas. Chris et moi, on a mieux à faire !

Oh mon Dieu ! Cette phrase innocente allait être perçue comme lourde de sous-entendus. Il allait y avoir un drame.

Par miracle, Jeanne a fait diversion en arrivant avec les boissons.

Jeanne – Et voilà pour vous… Coucou ma Chris, la journée a été bonne ?

Christine (*avec une voix étranglée*) – Oui…

Jeanne – Parfait ! Amusez-vous bien !

Et, regardant son mari, elle a ajouté :

Jeanne – Pourquoi tu restes planté là, Louis ? Ramasse le verre et viens ! Il y a des commandes en attente.

Louis s'est exécuté mais, avant de rejoindre son comptoir, il a fixé Paul un long moment d'un air mauvais. Même après son départ, on est restés pétrifiés sauf la vedette du jour qui a dit :

Paul – Il se prend pour un caïd de la mafia ou quoi ?

Si ma meilleure amie est restée silencieuse, Erwan a répondu du tac au tac :

Erwan – C'est peut-être le cas. Méfie-toi, tu pourrais finir ligoté au fond de sa cave. Et ça ne me poserait pas de problème de lui fournir la corde.

Paul – Mais t'es un comique, toi !

Erwan – Oui, mais je crois que je viens de trouver mon maître...

Christine s'est affaissée sur sa chaise, catastrophée. Il faut avouer que son tête-à-tête ne commençait pas sous les meilleurs auspices. Je pense que si je m'étais trouvée dans sa situation, je serais allée me terrer dans un trou de souris et n'en serais plus jamais ressortie. Mais ma meilleure amie est une guerrière et, après avoir vécu un moment de solitude, elle a repris le combat et s'est arrangée pour lancer un sujet de discussion qui nous a occupés, tandis qu'elle parlait des Beatles avec Paul. On a joué le jeu.

Quand je dis que Chris a parlé avec Paul, c'est inexact. Maligne comme un singe, elle l'a surtout laissé parler. Elle avait écrit certains titres au stylo Bic sur la paume de la main et, dès qu'il s'arrêtait, elle le relançait sur une chanson. Paul, trop heureux d'étaler sa science, ne s'est rendu compte de rien.

J'ai failli éclater de rire quand, en partant, il lui a confié :

Paul – J'ai adoré discuter avec toi. Tu connais vraiment bien les Beatles.

Christine – Merci... Toi aussi !

Paul – On remet ça quand tu veux...

Ensuite, ils ont baissé la voix, et je n'ai plus rien entendu. Surtout que, comme ils s'étaient rapprochés, je me tenais très droite de manière à faire écran pour que Louis ne les voie pas. Mission réussie !

Je n'ai pas cherché à en savoir davantage lorsque Paul est parti. Chris avait des étoiles dans les yeux et avait regagné son petit nuage ! Je l'ai laissée flotter.

De toute façon, il était l'heure de rentrer chez moi. Enfin, « chez moi » est une expression qui ne correspondait plus vraiment à la réalité.

J'ai prié pour que ce soir au moins, le dîner se déroule dans le calme. Pour éviter la guerre, chacun allait peut-être y mettre un peu du sien.

C'était sans compter Pauline.

Alors que nous étions assis dans le salon avec Papa et Zazie (Gisèle avait prétendument une migraine et était restée dans sa chambre), ma sœur a déboulé. On est restés saisis.

Sans prévenir personne de sa décision, elle avait coupé ses cheveux court comme un garçon. Papa, qui devait penser que la crise familiale était à l'origine de ce coup de folie, a balbutié, tout pâle :

Le père – Pourquoi as-tu coupé tes cheveux ? Tes longs cheveux bruns… ils étaient magnifiques.

Pauline – Parce qu'il faut s'émanciper, se libérer de l'image millénaire qu'on se fait de la beauté féminine : la princesse a de longs cheveux qui tombent en cascade sur son dos. C'est vraiment stupide ! On peut être belle et attirante avec des cheveux très courts. Je ne vois pas pourquoi ça serait réservé aux hommes. Si maman était là, elle approuverait !

Le père – Je ne suis pas sûr…

Pauline – Si ! Même si elle ne militait dans aucun mouvement, maman revendiquait sa liberté en tant que femme. Elle aurait adoré que je me libère de cet esclavage du brushing, du maquillage et des fringues jolis pour ressembler à une poupée Barbie.

Mon père, totalement dépassé, a abdiqué. Il a laissé Pauline exprimer, dans un très très très long monologue, sa vision libertaire de l'existence. Quand elle a eu fini, il a juste soupiré longuement et a demandé à prendre la parole. Notre révolutionnaire préférée la lui a accordée.

Pauline – Vas-y, Papa, je t'écoute. Mais sache que tu ne me convaincras pas avec tes idées de l'ancien monde. L'avenir appartient aussi aux femmes.

Le père – D'accord... Mais ce n'est pas le sujet. Ce soir, je souhaiterais vous parler de nous.

Pauline – Super ! L'hystéro t'a donné l'autorisation de discuter tout seul avec tes enfants ?

Le père – Pauline chérie, toi qui te dis féministe, tu devrais éviter le terme « hystéro » qui vient du mot « utérus ». Un terme sacrément machiste qui laisse entendre que c'est à cause de cet organe que certaines femmes sont folles. Et puis j'aimerais que tu comprennes qu'en ce qui concerne notre famille, j'essaie de trouver des solutions pour que chacun se sente bien.

Pauline – Tu n'y arriveras pas... Il ne faut pas avoir peur d'être radical. Il n'y a que les faibles qui négocient.

Pauvre Papa et pauvres de nous aussi !

Pauline est repartie longuement sur sa théorie du rapport de force et de la nécessité d'une révolution. Pour passer le temps, Zazie s'est mise à jouer par terre avec les franges du tapis. Quant à moi, j'ai regardé une fois de plus, avec désolation, les nouveaux meubles choisis par Gisèle. Quand je pense qu'elle fait des dizaines de croquis de chaises et de tables basses dans son coin... Heureusement, ce ne sont que des croquis !

Alors que personne ne tentait d'interrompre Pauline, elle s'est soudain arrêtée de parler. Miracle ou fatigue ? Je ne sais pas... Elle a demandé :

Pauline – Bon, Papa, tu avais quelque chose à nous dire ?

Mon père a sursauté comme s'il avait oublié qu'il était avec nous dans le salon. Il avait dû s'endormir les yeux ouverts.

Le père – Absolument !

Et certainement par crainte d'être de nouveau interrompu, il a présenté sans respirer la nouvelle organisation familiale. Je vous la résume à la façon des « Dix Commandements », puisque ce n'était pas une proposition, mais bien un nouveau règlement à respecter.

1. Tu participeras aux tâches ménagères pour ne pas laisser à Gisèle la responsabilité de toute la maison.
2. Tu mettras la table et tu la débarrasseras.
3. Tu feras la vaisselle.
4. Tu passeras l'aspirateur.
5. Tu feras des petites courses (pain ou choses manquantes).
6. Tu mettras ton linge dans le bac blanc ou couleurs.

7. Tu videras la machine à laver et tu étendras le linge. (Ce n'est pas Cendrillon mais ça en prend le chemin !)
8. Tu préviendras Papa mais aussi Gisèle lorsque tu déjeuneras ou que tu dîneras à l'extérieur.
9. Tu parleras avec Papa au fur et à mesure des problèmes rencontrés à la maison. Tu trouveras une solution avec lui.
10. Tu passeras chaque semaine un moment privilégié avec ton père et tes deux sœurs.

Je ne veux pas jouer les mauvais esprits mais cette organisation signait la victoire de Gisèle. Elle l'avait emporté sur le plus important (nous mettre à la tâche et avoir la main sur nos emplois du temps) tandis que mon père avait péniblement obtenu l'autorisation de parler avec ses enfants et de passer une heure en leur compagnie sans avoir Gisèle au milieu. Quel exploit !!!

Je me suis bien gardée de fournir mon analyse.

On ne peut pas en dire autant de Pauline ! Je peux vous assurer que malgré les portes fermées, notre belle-mère a dû entendre tout le bien que ma sœur pensait d'elle.

Je suis partie chercher du pain et du fromage et j'ai filé dans ma chambre. Heureusement, en partant tout à l'heure, nous avions donné rendez-vous le lendemain après-midi à Erwan et à Benjamin. Un horizon clair permet de traverser la tempête.

9.
Ah qu'elles sont jolies les filles de mon pays !

Ah qu'elles sont jolies les filles de mon pays
Lai lai lai lai lai, lai lai lai lai (...)
Celui qui sait se faire aimer
Sera heureux (...)
Oui mais pour cela
Il faut voir papa
Il faut voir mama
Une bague au doigt.

(Chanté par Enrico Macias)

***

L'après-midi du lendemain a été vraiment joyeuse ! Je vous passe la matinée au lycée totalement inintéressante... Comme il faisait encore très beau, même si nous étions en octobre, Jeanne nous a installées en terrasse et nous sommes restées à bronzer. Chris s'est livrée à son sport favori : repérer les beaux garçons qui passent. Et je peux vous assurer qu'elle a l'œil !

Vers 15 heures, alors que je terminais mon deuxième diabolo-menthe, j'ai aperçu Erwan et Benjamin qui traversaient la rue juste en face. Ils nous ont rejointes, sourire aux lèvres (enfin, juste Erwan, parce que Benjamin a toujours l'air angoissé quand il est dans la rue).

Erwan – Hello, Lélia ! Comment ça va ?

Christine – Et moi, tu t'en fous de savoir comment je vais ?

Erwan – Non, mais comme toi tu ne t'intéresses qu'à Paul, je prends juste des nouvelles de Lélia...

Je ne suis pas la seule à penser ce que je pense ! Benjamin a demandé, tout gêné :

Benjamin – Marie n'a pas réussi à s'échapper ?

Lélia – Le week-end, c'est plus dur ! Sa mère ne la lâche pas d'une semelle. Mais on ne sait jamais. Marie semble très décidée à faire le mur et à nous rejoindre en ce moment...

Si je laissais entendre avec délicatesse que quelque chose avait changé dans la vie de Marie et que Benjamin n'y était pas étranger, Christine, elle, a mis les pieds dans le plat.

Christine – Tu vois l'effet que tu lui fais, Ben ! Je crois qu'elle est dingue de toi.

C'était trop d'un coup pour lui. Un son étrange est sorti de sa gorge entre le hululement de la chouette et le bruit d'une porte qui grince. On a tous fait semblant de ne pas avoir entendu.

Alors que c'est toujours Jeanne qui sert en terrasse, c'est Louis en personne qui est venu à notre table prendre la commande. Il a dévisagé un long moment les garçons, puis il a dit d'un air mauvais à Erwan :

Louis – Qu'est-ce que vous voulez boire, ton copain et toi ? Et ne me demandez pas d'alcool, même si vous avez l'âge. Chris est ma fille, et Lélia, c'est tout comme. Alors pas de bêtises ou vous aurez affaire à moi. C'est compris ?

Erwan – Oui, monsieur.

Et, se tournant vers Benjamin qui était pâle comme la mort :

Louis – Et toi, t'as compris, le casseur de verre ?

Benjamin (*terrorisé*) – Euh... euh... Oui... Meu meu meu m'sieur...

Louis – Parfait. Alors maintenant que tout est clair, vous voulez boire quoi ?

Erwan – Deux Coca, s'il vous plaît. Merci beaucoup...

Évidemment, Christine s'est confondue en excuses dès que son père est retourné derrière son comptoir. Erwan lui a souri très gentiment :

Erwan – Moi, je trouve ça formidable ce qu'il vient de faire. J'adorerais que mon père me protège comme ça.

Et puis, baissant la voix, comme s'il ne voulait pas entendre ce qu'il nous confiait :

Erwan – Enfin, si je savais qui est mon père...

Je n'ai aucune idée de ce qui peut se dire d'intelligent après une confidence pareille, heureusement je n'ai pas eu à y réfléchir. Zazie, qui était en cuisine avec Jeanne depuis un bon moment, a débarqué pile à cet instant. Elle portait une assiette avec fierté.

Zazie – Regardez ! C'est moi qui ai fait les petits animaux en pâte à tarte.

On a tous applaudi. Benjamin a demandé à Chris :

Benjamin – C'est ta petite sœur ?
Christine – Non, c'est celle de Lélia. Elle s'appelle Zazie.
Erwan – Tu es super mignonne, Zazie, et je rêve de manger un de tes gâteaux.

Je ne sais pas si Zazie a pris les mots d'Erwan pour une déclaration d'amour, mais elle ne l'a plus lâché. Elle est venue s'asseoir à côté de lui et a commencé à lui raconter sa vie : son maître à l'école, sa copine Héloïse qui ne veut plus jouer avec elle, son vélo auquel on a enlevé les petites roues. Tout y est passé… Et je dois avouer qu'Erwan le gentil écoutait avec intérêt.

Assez rapidement, j'ai commencé à converser avec Chris et Ben, sans m'occuper d'eux.

Quand j'ai entendu ma sœur confier : « Ma maman, elle est partie au ciel parce qu'elle avait une maladie qu'on ne peut pas guérir et après mon papa a épousé une sorcière qui s'appelle Gisèle », j'ai compris que c'était une très mauvaise idée de l'avoir laissée parler.

J'ai tenté de l'interrompre mais elle a continué :

Zazie – L'autre soir, elle nous a dit des choses très méchantes et ça a rendu Lélia toute triste. J'ai bien vu qu'elle pleurait sous son oreiller.

Eh bien voilà comment se faire griller par une gamine de six ans ! Je pensais qu'Erwan ne saurait pas comment réagir après cette confidence, qu'il serait gêné, mais non… Il a répondu du tac au tac :

Erwan – Eh bien, la sorcière ne pourra plus jamais vous embêter maintenant.

Zazie – Pourquoi ?

Erwan a chuchoté quelque chose à l'oreille de ma sœur. Elle a ouvert de grands yeux émerveillés.

Zazie – C'est vrai ???

Erwan – Oui, mais c'est un secret et il ne faut le dire à personne.

Zazie – Même pas à Lélia ?

Erwan – À personne !

Zazie a mis son doigt sur sa bouche en signe de promesse et s'est arrêtée net de parler. Lorsque Zazie a un secret, elle a tellement peur qu'il sorte malgré elle qu'elle devient muette. Ça fait des vacances !

Encore une fois, l'après-midi a filé à une allure folle. Je ne suis pas une scientifique mais il faudrait quand même que quelqu'un se penche sur la question du temps. Officiellement, il existe des unités de mesure fiables : seconde, minute, heure, donc une heure en tête à tête avec Gisèle équivaut à une heure au *Louis XVI* avec mes amis. Et pourtant, ce n'est vraiment pas le cas...

À propos de ma belle-mère, l'ambiance était affreuse lorsque je suis rentrée avec Zazie. Pauline était passée prendre ses affaires pour dormir une nuit de plus chez Alma, mais elle avait pris soin auparavant de lancer deux ou trois remarques explosives. Ça avait mis le feu.

Vous commencez à connaître ma stratégie pour éviter les conflits : pain, fromage, roman et hop au lit !

Et quand dimanche soir est arrivé, je me suis couchée en me disant que j'étais heureuse d'avoir cours le lendemain ! Je n'aurais jamais imaginé que je penserais cela un jour...

⋆

Marie passait devant *La Caravelle* quand je suis sortie lundi matin. Même si elle a essayé de les cacher avec le col de son imper, j'ai tout de suite remarqué les traces rouges sur sa joue. Le fait qu'elle ne soutienne pas mon regard et qu'elle me dise à peine bonjour m'a intriguée. Je lui ai mis la main sur l'épaule sans un mot. De grosses larmes ont roulé sur ses joues. Elle a balbutié :

Marie – C'est ma... C'est ma mère... Elle a trouvé le *Mademoiselle Âge tendre* de Chris dans mon cartable ce matin.

Lélia – Et alors ?

Marie – Elle est rentrée dans une fureur noire. Elle m'a hurlé que j'étais une voleuse et une menteuse.

Lélia – Pourquoi ?

Marie – Une voleuse parce que j'avais pris de l'argent dans son porte-monnaie pour acheter le magazine, une menteuse parce que je l'avais lu en cachette.

Lélia – Tu lui as dit qu'il était à Chris et qu'elle te l'avait prêté ?

Marie – Oui, mais je n'aurais pas dû. Elle m'a giflée parce que j'osais lui répondre. Elle m'a crié que je n'avais plus le droit à la parole.

Lélia – T'as mal ?

Marie – Non, mais j'ai honte... Ça se voit beaucoup ?

Lélia – Un peu. Si tu veux, on attend le dernier moment pour rentrer au lycée et se mettre en rang.

Les autres ne se sont rendu compte de rien à la récréation de 10 heures. Non seulement les traces rouges sur sa joue avaient disparu, mais Marie souriait comme d'habitude. Incroyable de donner le change à ce point.

Je ne sais pas si, à force de sourire, on finit par retrouver la joie (ce qui serait une bonne nouvelle, on aurait ainsi la possibilité d'agir sur le chagrin) mais on a tous ri de bon cœur à l'heure du déjeuner. Erwan imitant Mme Pfeiffer et Mme Brébant était vraiment drôle. Même les élèves aux tables voisines ont salué sa performance. Chris a quitté le réfectoire avant nous. Elle voulait se poster devant la salle 302 pour apercevoir Paul au moment où il sortirait.

Elle nous a rejoints, agacée, dix minutes plus tard. Apparemment, « l'homme de sa vie » parlait avec une fille de sa classe et l'avait à peine saluée. Seule Marie la gentille a tenté de calmer Chris.

Marie – Tu sais, parfois, quand on discute, on ne voit pas trop les gens autour.

Christine – Tu crois ?

Marie – Mais oui ! En plus, vous devez vous voir bientôt, non ?

Erwan a demandé avec une ironie non dissimulée :

Erwan – Je pourrai venir, moi, à votre rendez-vous ? J'adore quand il parle des Beatles.

Christine – T'es pas drôle...

Erwan – Allez, sois sympa, c'est quand ?

Christine a haussé les épaules pour toute réponse. Enfin, pas tout à fait. Elle m'a aussi regardée avec une gêne dans les yeux. Je n'ai compris pourquoi que beaucoup plus tard. On est toujours moins idiot après...

Marie a filé après les cours. Elle a prétexté un rendez-vous chez le dentiste. La vérité, c'est que sa mère lui avait donné cinq minutes, montre en main, pour rentrer. Je lui ai souhaité discrètement du courage. Avec un peu de chance, Mme Bourdois se serait rendu compte qu'elle avait été injuste avec sa fille et se serait radoucie. Les garçons sont restés un petit moment avec nous au *Louis XVI*, puis Erwan a annoncé qu'il avait un rendez-vous important. Chris a évidemment voulu en savoir plus.

Chris – T'as rencard ? Avec une blonde ou une brune ?

Erwan – Une bleue ! Je crois que j'ai trouvé la mob qu'il me faut.

Lélia – Tu vas acheter une mobylette ?

Erwan – J'espère ! Ça fait deux ans que j'économise. Je fais du baby-sitting chez mes voisins et, le dimanche, j'aide un type au marché à charger et décharger pour me la payer.

Lélia – Waouh !!!

Erwan – Attends, je vais pas m'en offrir une neuve, hein. Mais je crois que j'ai trouvé une BB3T d'occasion qui vaut le coup.

Christine – C'est quoi, ça, une BB3T ?

Erwan – Un modèle un peu ancien de Peugeot. Sur la mob qu'on me propose, il faudra changer les câbles de frein et le phare avant cassé, mais elle est à peu près dans mes prix. Je vais discuter avec le vendeur ce soir pour voir s'il ne peut pas me proposer un rabais.

Christine – Alors je croise les doigts pour que tu l'aies. Tu viendras au lycée avec ?

Erwan – Ben oui ! Et puis, j'irai aussi me balader dans Paris…

Lélia – Super !

Erwan – Elle a un porte-bagages !

Lélia – Pratique pour ton cartable.

Erwan a éclaté de rire :

Erwan – Je m'en fous de mon cartable !!! Dans tes livres, il n'y a jamais un type qui emmène sa copine en mob sur son porte-bagages ?

Christine – Non, dans ses romans, les filles pleurent et renoncent à leur grand amour pour des raisons absurdes.

Je me suis sentie rougir. Qu'est-ce que je suis bête ! J'aurais dû comprendre qu'il comptait faire des virées avec sa petite amie. En même temps, il ne nous a jamais parlé d'elle.

Quand je me suis levée pour partir, Chris m'a souri en dodelinant de la tête.

Christine – Tu ne vois vraiment rien, toi. Tu te crois maligne parce que tu lis des tas de livres, mais tu ne l'es pas…

Lélia – De quoi tu parles ?

Christine – Erwan aime Lélia !

Lélia – N'importe quoi !

Christine – Je ne vais pas gâcher mon énergie à prouver ce que j'affirme, le temps me donnera raison.

Lélia – OK, madame Irma, surtout ne lâche pas ta boule de cristal !

Christine – Heureusement que je suis là pour t'ouvrir les yeux !

J'ai regardé Chris avec douceur.

Lélia – Heureusement que tu es là, tout court.

Je suis partie avant que la scène devienne trop guimauve.

Je me préparais à répéter ma stratégie « pain, fromage, roman et hop au lit » pour éviter le conflit, mais la soirée ne s'est pas du tout passée comme je l'avais imaginé.

Prétextant encore une migraine, Gisèle est restée dans sa chambre tandis que nous avons dîné tous les quatre. Évidemment, Pauline a un peu monopolisé la parole. Cette fois-ci, c'était pour dénoncer la violence des policiers contre des citoyens noirs dans je ne sais quelle ville américaine. Elle a justifié les émeutes sanglantes qui ont suivi, au nom de la révolution.

Si Papa était d'accord sur la cause à défendre, « que chaque citoyen soit traité également quelle que soit sa couleur, sa religion ou son orientation sexuelle », il a déploré la réponse : six jours de violence, 977 bâtiments détruits, 34 morts, 1 032 blessés, 3 438 arrestations. Il n'y avait ni gagnant, ni perdant. Que des endeuillés et du drame humain.

Le père – La violence n'est jamais une réponse, Pauline.

Pauline – Tu dis ça alors que tu as connu la guerre quand tu étais petit et que Papy était résistant ?

Le père – C'est justement parce que j'ai connu la guerre que je sais que la violence n'est pas la solution. On ne gagne rien à se battre. Il faut toujours essayer de négocier.

Pauline – Même quand l'autre en face veut ta mort ?

Le père – Bien sûr, il y a des situations extrêmes dans lesquelles il faut prendre les armes. Mais avant d'en arriver là, il faut s'arranger pour trouver un accord.

Je me suis demandé si cette discussion n'était pas une façon détournée d'évoquer le combat qui se livrait dans notre famille : Pauline, Zazie et moi serions la communauté noire maltraitée, et Gisèle, la police raciste américaine.

Du coup, dans le cadre de notre série « Les Victimes prennent la parole », j'ai raconté l'attaque de Chris par Mlle Heltz le jour de la rentrée. Et avant que Pauline ne reparte dans un long monologue sur école = prison, Zazie a expliqué comment Jean, un garçon de sa classe, tapait les élèves, sans être vu par le maître.

Au dessert, nous sommes enfin passés à autre chose et je dois dire que l'ambiance a été joyeuse et chaleureuse. Comme quoi, on n'est pas à l'abri du bonheur !

Avant qu'on aille se coucher, Papa nous a serrées dans ses bras et a murmuré : « Je vous aime plus que tout. D'où elle est, maman veille sur nous. » Pour la première fois depuis longtemps, je me suis endormie sans avoir le cœur qui cogne.

10.
Tu parles trop, c'est ton défaut

Tu parles trop, j'entends du soir au matin
Les mêmes mots, toujours les mêmes refrains
Tu fais : « Bla bla bla bla »
C'est trop, et trop (…)
C'est ton défaut

(Chanté par Richard Anthony)

Mercredi, alors qu'on attendait sur le trottoir l'heure d'entrer au lycée, Marie a crié :

Marie – Regardez !!!

Avec Chris, on a tourné la tête très exactement en même temps pour apercevoir Erwan, cheveux au vent, à mobylette, avec Ben sur le porte-bagages. On a hurlé à la façon de groupies à un concert de Claude François. Les élèves autour de nous ont sursauté et ont cherché ce qui provoquait notre excitation.

Marie – Elle est à lui la mobylette ?
Lélia – Oui.
Marie – C'est génial ! Et comment vous le savez ?

Christine – Il nous en a parlé lundi au *Louis XVI*, mais il n'était pas sûr d'avoir assez pour l'acheter.

On s'est précipitées pour rejoindre nos deux amis. Erwan n'a pas joué la vedette. Il a fait descendre Ben et a garé consciencieusement sa mobylette sur le trottoir en face.

On l'a applaudi tandis qu'il mettait son antivol. Il a souri. Ce n'était pas le sourire du vaniteux qui flambe avec son bolide. Non, c'était celui d'un garçon qui a un rêve et vient de le réaliser. Je me suis sentie fière pour lui. Et un poil inquiète. J'avais beau savoir que le casque n'était pas obligatoire, ça m'inquiétait un peu qu'il conduise tête nue.

Chris m'a chuchoté, avec son petit air coquin :

Christine – Si j'ai l'air aussi niaise quand je regarde Paul, préviens-moi !

Lélia – N'importe quoi... Tu vois de l'amour partout. Tu n'as jamais entendu parler de l'amitié entre filles et garçons ?

Christine – Si ! Mais j'ai aussi entendu parler de filles qui ont trop peur de l'amour et ne le vivent que dans les bouquins. Comme ça, pas de risque !

Lélia – OK ! Après Mme Irma, te voilà psychologue spécialiste de l'amour.

Marie, qui nous avait entendues chuchoter, nous a demandé discrètement :

Marie – De quoi vous parlez ?

Christine – De Lélia et d'Erwan...

Marie a souri.

Marie – C'est mignon ! Je n'osais pas en parler...

Lélia – Parler de quoi ? Je ne comprends pas !

Marie n'a pas eu l'occasion de répondre, parce qu'Erwan nous a demandé :

Erwan – Alors, qu'est-ce que vous pensez de la bête ?

Christine – Elle est super !

J'aurais bien eu envie de savoir comment s'était passée la transaction avec le vendeur mais les remarques des filles sur mon supposé amour pour Erwan m'ont totalement bloquée. J'ai soudain eu peur qu'elles se méprennent sur mes sentiments. Comme quoi les autres peuvent vraiment tout gâcher avec leurs mots.

Marie – C'était prévu depuis quand ?

Erwan – Depuis longtemps. Il fallait juste que je trouve l'argent !

Christine – Tu l'as eue au prix que tu voulais ?

Erwan – Pas tout à fait mais presque... Le type m'a fait une ristourne et ma mère m'a donné l'argent de Noël en avance.

Marie – Sympa !

Erwan – Ouais... Surtout qu'elle n'a pas beaucoup de fric. Je ne sais pas comment elle s'est débrouillée.

Comme je ne disais rien, Erwan s'est tourné vers moi.

Erwan – Et toi, comment tu la trouves, ma mobylette ?

Lélia – Super !

Erwan – Ça te plairait de faire un tour demain avec moi ?

Sa question m'a totalement déstabilisée. Je n'ai réussi à répondre que :

Lélia – Demain, je ne peux pas...

Christine est intervenue :

Christine – Mais si tu peux...

J'ai mitraillé Chris du regard. Elle savait très bien que je n'étais pas libre demain. Elle le savait puisqu'elle devait m'accompagner au rendez-vous auquel je tiens le plus.

Depuis la classe de cinquième, je vais sur la tombe de ma mère le jeudi qui suit son anniversaire. Personne ne le sait, à part Christine. Elle vient toujours avec moi. C'est une journée spéciale. Le matin, je me lève tôt et j'allume une bougie en souvenir de maman. Je lui dis que je ne l'oublie pas, puis je lui lis des extraits des romans que j'ai dévorés durant l'année. Je lui demande ce qu'elle en pense, si elle les a aimés elle aussi. Ça va vous paraître bizarre, mais j'entends ses réponses dans ma tête.

Vers midi, je déjeune avec Chris et on part au cimetière de Pantin. Ma meilleure amie reste près de moi tandis que je nettoie la tombe et que je pose mes trois petits cailloux sur la dalle. On pleure toutes les deux en silence, côte à côte. On n'échange pas un mot durant le trajet de retour en métro mais, arrivées au *Louis XVI*, on reprend la vie là où on l'a laissée et personne ne pourrait soupçonner toutes les émotions qui nous ont traversées durant cette visite.

Alors, que Chris ose me proposer de faire un tour à mobylette demain avec Erwan, quand elle sait très bien ce qui est prévu, je n'ai pas apprécié.

Lélia – Non, c'est non.

Erwan a pris pour lui mon air sévère et ma réponse sans équivoque.

Erwan – Pas de problème, Lélia. Je n'insiste pas. C'est juste au cas où tu aurais été libre et où ça t'aurait fait plaisir…

Je me suis sentie mal. Je n'avais pas envie de blesser Erwan. Heureusement, Marie la délicate s'est mise à poser des questions en rafales sur la Peugeot BB3T et la discussion a pris un autre tour.

Tandis qu'on se mettait en rang par deux pour monter en cours, j'ai chuchoté à Christine :

Lélia – Même si j'avais eu envie de faire un tour à mobylette, tu pensais vraiment que demain était la bonne journée ?

Chris n'a pas osé me regarder dans les yeux et a bredouillé un truc inaudible. J'ai vu à quel point elle était gênée. Si je n'avais pas été aussi en colère contre elle, ça m'aurait fait sourire. On aurait dit Zazie quand elle est prise en flagrant délit de bêtise.

Deux heures de cours n'ont pas suffi à dissoudre sa gêne, elle était encore mal à l'aise lorsque nous sommes descendues pour la récréation de 10 heures. Elle a tenté de lancer un sujet léger :

Christine – Alors Marie, comment t'as trouvé le *Mademoiselle Âge tendre* de ce mois-ci ?

Pauvre Christine ! Elle n'imaginait pas que ce sujet-là était aussi classé « dossier sensible ». Marie s'est décomposée. J'ai essayé de sauver la situation :

Lélia (*en souriant*) – Si vous comptez parler yéyés, mini-jupes et mascara, je rejoins les garçons !

Marie aurait pu s'emparer de mon prétendu « agacement » pour passer à autre chose mais, courageuse, elle a inspiré un grand coup et a répondu :

Marie – Chris, je suis désolée... Ma mère a découvert ton magazine dans mes affaires et elle l'a déchiré.

Christine – Quoi ?

Marie – Ne t'inquiète pas, je te le rembourserai dès que j'aurai de nouveau accès à mon argent de poche.

Christine – Mais je m'en fous, du magazine ! C'est le fait que ta mère fouille tes affaires et déchire un truc à toi qui me choque. J'imagine qu'elle t'a gueulé dessus en plus ?

Marie a raconté la scène en omettant l'épisode gifle. Je ne saurais dire si c'était parce qu'elle avait honte pour elle, ou si c'était pour qu'on ne juge pas trop sévèrement sa mère. Dans tous les cas, elle a quand même annoncé une bonne nouvelle : certes Mme Bourdois exigeait désormais que sa fille rentre du lycée en cinq minutes montre en main, mais elle semblait s'être calmée et l'atmosphère à la maison était à nouveau respirable.

L'arrivée des garçons a stoppé net notre échange sur la vie de famille au 12, rue des Maraîchers.

Erwan – Vous savez quoi ??? Brébant est absente pour une semaine, voire plus.

Christine – Qui vous l'a dit ?

Erwan – Un élève de première qui était dans le bureau de Heltz pour une mise à mort. Le téléphone a sonné et c'était Brébant qui annonçait qu'elle était malade.

Nous nous sommes réjouis de la savoir absente. Ses cours sont tellement ennuyeux. Voilà un sujet qui nous mettait d'accord ! Le reste de la journée a été placé sous le signe du soleil. On a oublié tout ce qui fâche ! Et, cadeau du ciel, Chris n'a pas prononcé le prénom de Paul une seule fois...

Avertissement au lecteur

Connaissez-vous l'expression : « le calme avant la tempête » ? Elle décrit assez bien ce moment de sérénité qui précède les grandes eaux.
On retrouve cette expression dans de nombreux pays. Les Anglais disent : «*The calm before the storm*», les Espagnols : «*Es la calma antes de la formenta*», les Italiens : «*La calma dopo la tempesta*», les

Allemands : « *Die Ruhe vor dem Sturm* ». La liste est longue, je pourrais ajouter les Russes, les Japonais, les Turcs...
Si cette expression est fréquente, c'est d'abord parce qu'elle décrit un phénomène météorologique observable dans le monde entier :

Ce calme étrange, presque inquiétant, se produit dans la zone qui entoure la tempête. Le soleil y est généralement très présent et les vents quasi absents. En effet, pour alimenter sa force, une tempête a besoin d'air chaud et humide. Sur son passage, elle aspire donc toute l'humidité. Elle « recrache » ensuite de l'air sec et chaud par des vents descendants. Cet air de basse pression, qui est généralement synonyme de beau temps et de stabilité, est propulsé devant la tempête. Résultat : les conditions météorologiques sont idéales avant son arrivée.

Donc il n'est pas étonnant que chacun la traduise dans sa langue.
Ce qui est plus intéressant, c'est qu'on la retrouve partout utilisée au sens figuré comme un avertissement : « Attention, toi qui baignes dans une douce félicité, ne crois pas que ton bonheur va durer. Il se prépare en silence quelque chose qui risque de t'emporter. »

11.
La poupée qui fait non

C'est une poupée
Qui fait « non, non, non, non »
Sans même écouter
Elle fait « non, non, non, non »
Sans me regarder
Elle fait « non, non, non, non »

(Chanté par Michel Polnareff)

***

À 16 heures, Marie a évidemment filé pour parcourir la rue des Maraîchers en moins de cinq minutes. Comme aucun des garçons n'était disponible pour venir traîner au *Louis XVI*, nous nous sommes retrouvées en tête à tête, Chris et moi. Mais en terrasse, il y avait des filles de première qu'on n'aime pas, alors on a mis des diabolo-menthe et deux parts de gâteau au chocolat sur un plateau et on est montées dans la chambre de Chris.

Alors que ma meilleure amie regardait dans son agenda si l'absence de Brébant nous permettait de commencer ou de finir plus tôt les jours à venir, je lui ai demandé :

Lélia – T'as des tickets de métro pour toi demain ? Il m'en reste juste deux.

Christine n'a pas levé les yeux de son agenda. J'ai cru un instant que, focalisée sur les heures de cours, elle ne m'avait pas entendue, alors j'ai répété ma question. Rien. Cette fois-ci, son silence m'a alertée.

Lélia – Chris, il y a un problème ? Si t'es encore mal à cause de l'épisode mobylette, laisse tomber ! Je ne suis plus en colère, d'accord ?

Christine a levé les yeux vers moi et j'y ai vu un mélange d'émotions que j'ai été incapable d'analyser sur le moment.

Lélia – Il se passe quoi ?

Comme si elle vomissait sa réponse, ma meilleure amie a dit à toute allure :

Christine – Paul m'a proposé un rendez-vous demain à 14 heures. Il n'est pas libre à un autre moment.

Lélia – Donc tu lui as dit que tu ne pouvais pas.

C'est fou comme on peut être stupide quand on ne veut pas comprendre.

Christine – On peut y aller ce week-end ou jeudi prochain, voir ta mère ?

Lélia – Quoi ?

Christine – Ça ne change rien pour elle, que ce soit ce jeudi après-midi ou samedi après-midi, alors que Paul, il ne peut que ce jeudi.

Lélia (*d'une voix étranglée*) – Tu le sais, que c'est une promesse que je me suis faite d'aller voir maman le jeudi qui suit son anniversaire !

Christine – Oui, je le sais, ma Lélia, mais pour une fois, tu ne pourrais pas décaler ?

J'ai regardé Chris, horrifiée.

Lélia – Non, je ne peux pas.

Christine – Juste une fois. Rien que pour moi.

Lélia – Et tu prétends être ma meilleure amie...

Christine – Je le suis, je te le jure... Je me rattraperai, c'est promis.

Lélia – Tu te rattraperas de quoi ?

Christine – De pas... De pas venir demain avec toi.

Lélia – Parce que c'est ça que tu as décidé ?

Christine – Paul ne peut pas un autre jour.

Lélia – Paul ceci, Paul cela ! Tu ne connais plus que ce prénom-là... Et tu es au courant de cette date de rendez-vous depuis quand ?

Christine – Depuis... Depuis la fois où on a parlé des Beatles ici.

Lélia – Et ça ne t'est pas venu à l'esprit d'en discuter avec moi avant ?

Christine – Ça m'angoissait trop… Je n'y arrivais pas. Alors t'es d'accord, on y va ce week-end ?

Comme je sentais que j'allais fondre en larmes, j'ai attrapé mes affaires sur la chaise et j'ai claqué la porte de la chambre. J'ai dévalé les marches et je suis sortie du *Louis XVI* en trombe sans embrasser Jeanne.

⋆

Jeudi, j'ai espéré jusqu'à mon départ que Chris aurait changé d'avis. À 13 heures, j'ai pris le métro toute seule. Lorsque je suis rentrée deux heures et demie plus tard, j'ai vomi comme jamais.

Mon père, que Gisèle avait prévenu de mon état, est monté en toute hâte.

Le père – Tu as mal où ? Tu sens quoi ? Depuis quand ? Tu as beaucoup vomi ? Tu as mangé quelque chose qui n'était pas frais ? Tu as mal à la tête ? Tu as pris ta température ?

Et, ne me laissant pas le temps de répondre, il a conclu par :

Le père – On va appeler tout de suite le docteur Audouin.

Lélia – Non, je veux juste me reposer.

Le père – On attend une heure, c'est tout... Tu es vraiment pâle. Il faut que tu boives. Tu veux quoi ?

Lélia – Je ne peux rien avaler, j'ai encore envie de vomir.

Le père – Je vais te faire un jus de citron.

Le jus de citron, c'était le remède systématique de ma mère. Nausée : jus de citron. Rhume : jus de citron et miel. Coup de fatigue : citron pressé avec beaucoup de sucre. Coup de soleil : citron sur la peau. Papa la surnommait Miss Citron.

Alors bien sûr, quand il m'a proposé son jus de citron, mon regard s'est embué et, même si son nom n'a pas été prononcé, on a pensé tous les deux à Maman.

Dans l'heure qui a suivi, mon père est monté me voir toutes les cinq minutes. Il semblait vraiment inquiet. Je sais que je ne devrais pas le dire, mais ça m'a fait plaisir.

Il était près de 18 heures lorsque j'ai entendu la voix de Jeanne dans le salon.

Jeanne – Bonjour, Gisèle ! Désolée de te déranger ! Simon m'a dit que Lélia était souffrante et m'a permis de monter l'embrasser. Je lui ai apporté une part de tarte Tatin. Comment elle va ?

Gisèle – Ça va. Une petite gastro sans importance. Je te remercie !

Non, mais quel toupet ! Comment ça, une petite gastro sans importance ? Qu'est-ce qu'elle en savait ? Elle était médecin, maintenant, elle ?

Jeanne – Ah, tant mieux. Tu me rassures !

J'ai cru un instant que Jeanne allait déposer ma part de tarte et s'en aller, mais c'était mal la connaître.

Jeanne – Si tu veux bien, je vais l'embrasser avant de partir.
Gisèle – Il ne vaut mieux pas, elle dort. Je viens de passer la voir.

Je n'y croyais pas ! Mais quelle menteuse ! Jeanne a insisté :

Jeanne – Je serai très discrète.
Gisèle – Il est préférable qu'elle dorme...
Jeanne – Ne t'inquiète pas, je ne la réveillerai pas.

C'était assez incroyable d'entendre ces deux femmes se parler avec autant de politesse alors qu'en fait, elles se livraient combat : Gisèle ne voulait pas qu'on mette le nez dans son linge sale de famille, Jeanne voulait s'assurer de mon état. Et ce combat en dentelle d'acier, c'est Jeanne qui l'a emporté. Sans attendre une quelconque autorisation, je l'ai entendue arriver et ouvrir très doucement la porte de ma chambre.

Elle a souri quand elle m'a vue assise sur mon lit.

Jeanne – Coucou ma petite chérie !

Elle s'est assise près de moi et m'a tendu les bras. Je me suis blottie contre elle et j'ai éclaté en sanglots.

Jeanne – Eh bien, quel chagrin ! Il y en a, des larmes, dans ce petit corps tout frêle. Pleure ma chérie, ça fait du bien.

Jeanne m'a caressé la tête doucement. J'ai d'abord eu l'impression que sa consolation m'entraînait vers plus de désolation. Je me suis mise à pleurer à ne plus pouvoir en reprendre mon souffle mais, au bout d'un long moment, mes larmes ont cessé de couler. Un peu comme si toute cette eau avait lavé une partie de mon chagrin. Jeanne n'a pas cherché à me questionner, elle est juste restée là tout près.

J'ai fini par me redresser. Elle a pris mes mains dans les siennes pour ne pas perdre le contact. C'est fou comme les gestes les plus simples sont les plus justes. On cherche tous à trouver les bons mots pour consoler les gens qu'on aime, alors que les corps savent le faire d'instinct.

Lélia – Merci, Jeanne.

Jeanne – Ne me dis pas merci. Je suis et je serai toujours là pour toi. Tu veux dîner à la maison ? Je te fais ce que tu veux à manger !

J'ai baissé les yeux et je n'ai rien répondu.

Jeanne – Je ne veux pas t'obliger à parler, ma Lélia. Je sais juste que tu n'es venue ni petit-déjeuner, ni déjeuner aujourd'hui alors qu'on est jeudi, que Chris est sortie seule avant 14 heures et qu'elle est revenue en larmes beaucoup plus tard. Depuis, elle pleure et refuse de dire un seul mot. Je sais aussi que les amies se disputent parfois et que, sur le moment, la rupture semble irrémédiable. Mais avec le temps...

Lélia – Je ne lui pardonnerai jamais.

Jeanne – C'est possible. Elle le mérite peut-être.

Lélia – Oui, elle le mérite. Et sache que, si elle pleure ce soir, ce n'est pas à cause de moi.

Jeanne – D'accord.

Malgré la colère qui grondait en moi, je n'ai rien dit de plus. Compte tenu des informations que Jeanne venait de me livrer, il était évident que soit Paul n'était pas venu au rendez-vous, soit il avait envoyé balader Chris. Dans tous les cas, mon ex-meilleure amie pleurait son bel amour perdu, mais pas notre amitié brisée.

Jeanne – Chérie, je dois retourner travailler, mais promets-moi deux choses : la première, c'est de manger ta part de tarte. La seconde, c'est de passer me voir cinq minutes, demain, à la sortie du lycée.

Lélia – Je ne me réconcilierai pas avec Chris.

Jeanne – Ce n'est pas ce que je te demande, Lélia. Tes sœurs et toi, je vous aime comme si vous étiez mes enfants. Et puis…

Jeanne a laissé passer un silence. J'ai demandé :

Lélia – Et puis ?

Elle a inspiré un grand coup et a prononcé presque à voix basse :

Jeanne – Et puis… la dernière fois que j'ai vu ta mère, elle m'a fait promettre de toujours veiller sur vous. Elle était mon amie et je tiendrai parole. Donc, même si Chris et toi êtes fâchées, ça ne changera rien. Je continuerai à veiller sur toi. Tu comprends ?

Lélia – Oui…

Jeanne – Tu passeras demain ?

Lélia – Oui.

Jeanne – Alors à demain, ma chérie.

Comme Jeanne m'embrassait avant de partir, Zazie, qui avait dû échapper à la vigilance de Gisèle, a ouvert ma porte avec fracas. Elle a tout de suite vu l'énorme part de tarte Tatin sur ma table de chevet et elle a dit avec sa voix de dessin animé :

Zazie – Ah ben moi aussi je veux bien vomir si on me fait des câlins et qu'on me donne un gros gâteau après.

J'ai éclaté de rire. Ma petite sœur a vraiment l'art de transformer en comédie n'importe quelle scène dramatique.

12.
Les copains d'abord

Des bateaux j'en ai pris beaucoup
Mais le seul qu'ait tenu le coup
Qui n'ait jamais viré de bord
(...) Et s'appelait Les Copains d'abord
Les Copains d'abord

(Chanté par Georges Brassens)

Vendredi matin, je me suis débrouillée pour arriver au moment où les élèves de ma classe étaient déjà en rang dans la cour. Comme nous sommes un nombre pair, je me suis retrouvée avec Sephora, l'élève que tout le monde fuit.

Personne ne choisit d'être assis à côté d'elle, c'est le dernier arrivé qui s'y colle. D'abord, parce qu'elle ne sent pas bon (et quand j'affirme qu'elle ne sent pas bon, je suis très en dessous de la réalité. On peut la pister dans tout l'établissement...), mais aussi parce qu'elle a une fâcheuse tendance à se vautrer sur sa voisine comme si elle ne pouvait pas tenir droite toute seule. Si on ajoute à cela le fait qu'elle postillonne à plus d'un mètre cinquante quand elle parle, on peut comprendre qu'elle ait peu d'amis. Mais ce matin, sa compagnie m'allait tout à fait. Tout plutôt qu'être à côté de Chris.

Alors qu'on montait l'escalier, Marie s'est retournée plusieurs fois. Je lui ai souri. Une fois en classe, quand elle m'a vue m'asseoir à côté de Sephora, et Chris à côté d'Angèle, sans qu'on s'adresse le moindre regard, elle a froncé les sourcils. Elle nous a observées à la dérobée durant les deux heures de cours qui ont suivi. À tel point que ça a alerté Benjamin et Erwan.

Je redoutais le moment de la récréation. Il n'était pas question que j'adresse la parole à Christine, mais je savais que nos amis chercheraient à comprendre ce qui se passait entre nous et tenteraient de nous réconcilier. Et ça, jamais...

Lorsque la cloche a sonné, Chris a rangé ses affaires et a disparu plus vite que son ombre. C'est vraiment ce qu'elle avait de mieux à faire. Marie m'a rejointe.

Marie – Tu m'expliques ce qui se passe ?

Sephora, qui pensait être de la partie, a demandé :

Sephora – À quel propos ?

Évidemment, elle a postillonné l'équivalent d'un verre d'eau sur le visage de Marie. Mon amie s'est essuyée discrètement avec les manches de son sous-pull bleu marine et a souri avec bienveillance. Cette fille est vraiment la personne la plus délicate que je connaisse.

Marie – On descend, Lélia ?

Sephora a répondu à ma place :

Sephora – Oui, bonne idée...

Je n'imaginais pas ma nouvelle voisine en garde du corps mais je dois avouer que, là, j'ai apprécié. Elle a été folle de joie quand les garçons nous ont rejointes. Quatre camarades, pour elle, c'était la gloire ! Marie, qui n'avait pas renoncé à un interrogatoire en règle, a chuchoté quelque chose à l'oreille de Benjamin tandis qu'on prenait l'escalier. Il a acquiescé d'un mouvement de tête et a transmis l'info à Erwan. En un quart de seconde, Sephora s'est retrouvée entourée par les deux gars et est restée à l'étage à « discuter » avec eux.

Marie – Alors ? Il se passe quoi avec Chris ?
Lélia – Rien.
Marie – Te moque pas de moi ! Je vous connais...
Lélia – Je n'ai pas envie d'en parler.
Marie – Même à moi ?
Lélia – Même à toi. C'est pas une petite dispute, Marie. C'est vraiment définitif. Je ne lui pardonnerai jamais ce qu'elle m'a fait.

Marie m'a souri, de ce sourire qui ensoleille tout.

Marie – Il n'y a que la mort qui soit définitive... Et encore ! Si on continue à parler avec ceux qui nous ont quittés, on peut entendre leur voix en nous.

Lélia – Je sais...

Marie – Et puis, sur les milliards d'individus qui vivent sur terre, combien a-t-on d'amis ? De vrais amis ? De personnes qu'on aime et qui nous aiment ? Deux ? Trois ?

Lélia – Ça veut dire quoi, aimer l'autre, quand on est capable de le laisser tomber à un moment important ?

Marie – Ça veut dire être un humain avec ses défauts, un humain qui vous a choisi, vous aime et vous l'a prouvé mille fois. Mais qui, une fois ou deux, a échoué. Est-ce que ça mérite la peine de mort ?

Des dizaines de scènes avec Christine dans le rôle de l'amie aimante ont défilé devant mes yeux, je les ai vite chassées. Marie ne savait rien de la situation mais elle défendait tout de même Christine. Ça m'a contrariée. C'était moi la victime.

Comme si elle lisait dans mes pensées, elle m'a chuchoté :

Marie – Je vous aime toutes les deux et je ne prends parti pour personne. Je veux juste que vous

vous expliquiez. Les choses ne peuvent pas être si graves.

Lélia – Je suis désolée, Marie, je comprends ce que tu veux faire, mais le sort de Chris ne m'intéresse plus. Il y a ma vie et il y a la sienne. Plus aucun pont n'est possible entre les deux.

Souvent nous affirmons une chose et la vie nous donne tort dans les semaines, les mois ou les années qui suivent. Mais là, l'existence m'a démontré immédiatement à quel point mes mots étaient vides.

Alors que nous arrivions dans la cour, je n'ai vu qu'elle. Un peu comme si la vie braquait un projecteur pour que je ne rate rien de la scène. Elle, c'était Chris. Elle s'approchait d'un groupe de filles au centre duquel se tenait Paul. Ça a fait flamber ma colère. Voilà pourquoi elle avait détalé après le cours. Elle voulait rejoindre son bellâtre.

De ma place, j'ai regardé cette scène comme si je lisais un scénario. À la fois personnage de l'histoire, et à la fois totalement étrangère.

Extérieur jour. Cour d'un lycée parisien. Récréation du matin. Soleil d'automne.

La première partie de la scène est vue de loin par Lélia qui observe mais n'entend pas les échanges.

Plan large : Paul plaisante avec cinq lycéennes. Ils semblent tous à l'aise et détendus. Christine arrive et tente d'attirer l'attention de Paul. Aucune réaction de

Paul qui l'a pourtant vue. Christine insiste. Paul s'arrête de parler et la regarde avec agacement. Christine lui pose une question. Paul hausse les épaules et fait non de la tête d'un air hautain.

Les lycéennes autour de lui sourient. Christine insiste. Paul lui répond avec dureté. Christine reste un long moment face à lui sans bouger ni parler, on a l'impression qu'elle a reçu un coup dans l'estomac.

Gros plan sur Marie et Lélia.

Marie *(*en chuchotant*) – Elle a besoin de toi.*

Lélia – *Elle s'est jetée toute seule dans la gueule du loup.*

Marie – *Peut-être… Mais est-ce que c'est une raison pour la laisser se faire dévorer toute crue ?*

Lélia – *Tu n'as qu'à y aller, toi. Tu es son amie aussi.*

Marie – *Qui me disait à l'instant que l'ami est celui sur lequel on peut compter en cas de besoin ?*

Lélia – *C'est différent, là. C'est elle qui a commencé.*

Marie – *Alors, c'est une vengeance. Tu la regardes se faire dévorer en pensant : « Bien fait… voilà maintenant, on est à égalité ! »*

Lélia semble comme coupée en deux : une Lélia folle de rage et une Lélia torturée. On doit voir ces deux visages à l'écran.

Plan large sur les lycéennes du groupe de Paul. Elles chuchotent en regardant Christine. Sourires moqueurs.

Christine n'a pas bougé. Paul prononce une phrase qui fait rire tout le monde. On sent l'humiliation suprême.

Marie souffre de la situation de Chris mais elle n'intervient pas. Elle regarde Lélia. Elle la laisse face à la scène en espérant un mouvement. Benjamin et Erwan, qui viennent d'arriver, regardent aussi et semblent stupéfaits.

Lélia respire de plus en plus vite, on la sent au bord de l'implosion. Et soudain, elle s'élance à pas rapides vers Christine. Elle l'attrape par le bras et repart avec elle.

Gros plan sur les deux amies.

***Christine** – Il ne veut pas d'un nouveau rendez-vous. Il m'a dit de lui foutre la paix. Je ne sais pas pourquoi il m'a dit ça. Peut-être qu'il n'a pas bien compris ce que je lui demandais.*

***Lélia** – Il a parfaitement compris.*

***Christine** – Alors pourquoi il a changé d'avis ? Il était d'accord l'autre jour. Il faut que je retourne le voir et qu'on discute.*

Christine veut repartir en sens inverse. Elle se dégage brutalement. Plan large sur le groupe qui rit en voyant son agitation. Paul surtout rit en la regardant. Christine regarde Paul rire mais veut quand même retourner vers lui. Lélia la rattrape et l'entraîne d'une poigne de fer jusqu'aux toilettes.

Intérieur jour. Toilettes pour filles.

Lélia maintient fermement Christine. Elle ouvre le robinet d'eau froide et asperge le visage de Christine pour la calmer.

Christine – *Mais arrête ! Lâche-moi !*
Lélia – *Calme-toi d'abord.*
Christine – *Je suis calme.*
Lélia – *Non.*
Christine – *Pourquoi il m'a fait ça ?*
Lélia – *Parce que c'est un pauvre type.*

Christine se met à pleurer à chaudes larmes. Lélia la console. Elle se calme peu à peu.

Christine – *C'est vraiment un salaud. Il s'est vraiment foutu de moi... devant tout le monde. Merci d'avoir été là... Je ne te mérite pas, je t'ai trahie à cause de lui.*

Lélia – *Tu m'as trahie à cause de toi. Personne ne t'obligeait. Tu as fait ton choix.*

Christine – *Si tu savais comme je le regrette. Les garçons au lycée, ça a tout gâché...*

Lélia – *Tu as tout gâché.*

Christine – *Oui, j'ai tout gâché. Je te demande pardon. C'est vraiment pourri d'être amoureuse. Tu deviens une marionnette. Je la comprends, ta princesse tordue, maintenant. Elle a bien fait d'aller au couvent. Au moins, les garçons, c'est réglé une bonne fois pour toutes.*

Lélia *– Pas sûre que, dans la vraie vie, ce soit une solution.*

Christine *– C'est toi qui dis ça ?*

Les deux filles se regardent. On sent un profond désarroi dans les yeux de Christine. Lélia est toujours en colère contre elle, mais ses certitudes ont été ébranlées.

Fin de la scène.

Lorsque nous sommes sorties des toilettes, Marie et les garçons nous attendaient. L'histoire de « *Paul a jeté Christine. Il n'en pouvait plus… Elle le harcèle pour un rendez-vous. Il paraît qu'elle vient dans sa classe pendant les cours, juste pour le voir ! Elle est complètement dingue* » avait déjà fait le tour de la cour. Un lycée ressemble à un village et la moindre information est répétée, déformée, répétée encore, déformée encore plus. Il faut attendre une autre victime de commérage pour qu'on vous oublie un peu.

Alors, sans se concerter, on a fait comme un cordon de sécurité autour de Chris et on a avancé. On l'a protégée ainsi toute la journée. Stella la peste a bien tenté une approche à la cantine, façon « ma pauvre Chris, je suis et je resterai toujours ton amie » mais je me suis interposée. Nous connaissions tous les motivations de sa « sollicitude ».

Lorsque la cloche a sonné la fin de notre dernier cours, j'ai respiré. Il ne nous restait plus qu'à exfiltrer Chris du lycée et à l'emmener au *Louis XVI*. Ensuite, elle se débrouillerait. Je n'étais pas prête à lui pardonner même si elle me faisait réellement de la peine. Je ne désirais qu'une seule chose : rentrer chez moi.

Il paraît que les ennuis volent toujours en escadrille… Je confirme.

Alors que nous arrivions au niveau de la terrasse du *Louis XVI*, j'ai cru apercevoir Mme Bourdois, la mère de Marie… Je ne m'étais pas trompée.

Elle était en embuscade un peu plus loin, raide comme un piquet, le regard noir et la bouche presque tordue de colère. Elle a marché droit sur nous, provoquant la dislocation du groupe. Quand elle est arrivée à la hauteur de sa fille, elle l'a giflée de toutes ses forces. Elle lui a dit d'une voix glaciale :

Mme Bourdois – Une voisine m'a avertie que tu traînais au café, que tu te donnais en spectacle en cassant des verres, que tu buvais de la bière avec des garçons, et aussi que tu poussais des cris pour attirer l'attention de voyous à mobylette. Je voulais vérifier de mes propres yeux avec qui tu traînais, c'est chose faite.

Erwan a tenté de défendre notre amie.

Erwan – Marie n'a rien fait de mal. Elle n'a jamais bu d'alcool ni cassé le moindre verre. Quant aux voyous à mob…

Mme Bourdois – Taisez-vous, jeune homme. Je vous interdis de prononcer le prénom de ma fille. Marie, tu me suis immédiatement. Tu peux dire adieu à tes amis. Sache que tu ne remettras plus jamais les pieds dans ce lycée. Je t'ai inscrite à Notre-Dame-de-Sion.

Marie, les yeux baissés, a suivi sa mère. On est restés silencieux, les bras ballants, impuissants. L'arrivée des garçons dans cet établissement venait de faire sa deuxième victime. Trois, si on me comptait comme dommage collatéral. Merci la mixité !

C'est pourtant un garçon qui, le premier, s'est révolté face à la situation :

Benjamin – On ne peut pas laisser faire... Il faut trouver un moyen d'aider Marie.

Lélia – Je ne vois pas comment. Sa mère est persuadée qu'elle s'est mal comportée avec les garçons et que c'est notre faute...

Benjamin – Alors quoi ? On ne bouge pas ? Tu veux laisser Marie aux mains de sa mère ? C'est ça, ton sens de l'amitié ?

Décidément, on est toujours la mauvaise amie de quelqu'un...

Erwan – N'agresse pas Lélia, Ben, elle n'y est pour rien.

Benjamin – Je ne l'agresse pas, je...

Christine, qui était restée silencieuse jusque-là, a interrompu la discussion :

Christine – Stop ! La journée a été longue et pénible mais on ne va pas laisser tomber Marie. C'est notre amie.

Lélia (*ironique*) – Elle de la chance, elle, de pouvoir compter sur toi.

J'ai aussitôt regretté cette phrase amère qui ramenait tout à moi. Benjamin, que je ne connaissais pas aussi offensif (mais après tout, c'était aussi sa Marie qu'on venait de lui enlever), ne m'a pas loupée.

Benjamin – Alors, si Lélia a la générosité de passer par-dessus ses petits problèmes avec Chris, je propose qu'on se donne rendez-vous au *Louis XVI* demain à 8 h 30 avant les cours. Marie a besoin de nous.

Erwan – Je serai là.

Christine – Moi aussi.

Benjamin – Alors, Lélia, une pour tous ?

Si sa référence aux *Trois Mousquetaires* (qui étaient quatre inséparables, je vous le rappelle) m'a fait sourire, je n'ai pas pu répondre tout de suite à la formule légendaire qui impliquait que je renoue avec

Christine. Comme les regards étaient braqués sur moi, celle-ci m'a murmuré :

Christine – Juste pour Marie et tu me jetteras après si tu veux. Je le mérite.

Benjamin a répété :

Benjamin – Alors, une pour tous ?

Cette fois-ci, nous avons répondu en chœur :

Les quatre amis – Tous pour une !

À suivre...

Chansons citées

Sacré Charlemagne – Auteur : Robert Gall ; Arrangeur : Brigitte Weber ; Compositeur : Georges Lifermann ; Editeur : Bagatelle Sa/Philips ; Interprète : France Gall

Le pénitencier – Auteur-Compositeur : Alan Price ; Adaptateur : Hugues Aufray, Vline Buggy Editeur Emi Music Publishing France, Soc sans limite, BMG Rights Maangement (France)/Philips ; Interprète : Johnny Halliday

Maladie d'amour – Auteur : Jean Marcland ; Auteur-Compositeur : Léona Gabriel ; Compositeur : Henri Salvador ; Editeur : Transatlantiques éditions/ Polydor ; Interprète : Henri Salvador

Les cactus – Auteur : Jacques Lanzman ; Compositeur : Jacques Dutronc ; Editeur : Alpha Editions musicales/ Dispques Vogue ; Interprète : Jacques Dutronc

L'heure de la sortie – Auteur : Robert Bosmans Adelson, Jacques Plante ; Compositeur : Robert Bosmans Adelson, Claude Carrère ; Adaptateur : E Jacqmain Robert Gustav ; Arrangeur : Jean Claudric ; Editeur : Raoul Breton Editions /Philips ; Interprète : Sheila

Avant la bagarre – Auteur : Ralph Bernet ; Compositeur : Guy Magenta ; Editeur : Denis Bourgeois/Philips ; Interprète : France Gall

Tous les garçons et les filles – Auteur-Compositeur : Françoise Hardy ; Compositeur : Gustave Samyn Roger ; Editeur : Alpha Editions Musicales ; Interprète : Françoise Hardy

Help ! – Auteur-Compositeur : Paul MacCartney, John Lennon ; Editeur : Maclen Music Ltd, Northern Songs Ltd/Sony Music Publishing (France) ; Interprète : The Beatles

Vous permettez monsieur – Auteur-Compositeur : Salvatore Adamo ; Arrangeur : Oscar Toussaint, Joselph Elie De Boeck ; Editeur : Ardmore Beechwood (Belgique)/Marconi Soc ; Interprète : Salvatore Adamo

Les filles de mon pays – Auteur-Compositeur : Pierre Cour ; Editeur : EMI ; Interprète : Enrico Macias

Tu parles trop – Auteur-Compositeur : Edmond J. Melder, Reginald Hall ; Adaptateur : Georges Aber ; Editeur : Semi Societé, Emi Music Publishing France ; Interprète : Richard Anthony

Sources documentaires

p. 74 : Article « Liquéfaction », *Le Petit Larousse*

p. 175 : Article « Le calme avant la tempête », Météo Media

PAPIER À BASE DE FIBRES CERTIFIÉES

RAGEOT s'engage pour l'environnement en réduisant l'empreinte carbone de ses livres. Celle de cet exemplaire est de :
350 g éq. CO_2
Rendez-vous sur www.rageot-durable.fr

Achevé d'imprimer en France en septembre 2022
sur les presses de Normandie Roto Impression SAS
à Alençon, France.
Couverture imprimée chez Boutaux,
Le-Theil-sur-Huisne, France.
Dépôt légal : octobre 2022
Numéro d'édition : 7871-01
Numéro d'impression : 2204170